W0317124

Raoul Schrott

Die Wüste Lop Nor

Novelle

Carl Hanser Verlag

1 2 3 4 5 04 03 02 01 00

ISBN 3-446-19921-7
Alle Rechte vorbehalten
© 2000 Carl Hanser Verlag München Wien
Karten: Daniel Richelet
Satz: Satz für Satz. Barbara Reischmann, Leutkirch
Druck und Bindung: Friedrich Pustet, Regensburg
Printed in Germany

Die Wüste Lop Nor

I

In einem Weizenfeld nahe der japanischen Stadt Nima steht eine gläserne Pyramide. In ihr befindet sich die größte Sanduhr der Welt.
Jedes Neujahr um Mitternacht versammeln sich die Honoratioren der Stadt darin, sie umzudrehen; es braucht genau ein Jahr, bis sich das obere Glas leert, das untere füllt.

II

Das Haus liegt auf einem Hügel. Er hat das obere Stockwerk gemietet, zu dem man über eine Treppe seitlich hinaufsteigt.
In dem einen Zimmer stehen ein Eichentisch und eine Truhe; in der Fensternische sind ein Pinienzapfen, ein Cri-Cri und ein Stein.
Das ist alles, was ihn an die drei Frauen, mit denen er einmal zusammen war, erinnert.
Die Vermieterin schickt ihre Tochter mit dem Essen hinauf; sie stellt es ihm in einem Napf auf den Tisch.
Er heißt Raoul Louper, ist 43 Jahre alt, Halbjude und auf der Insel Porquerolles im Golf von Toulon geboren.
Vom Dorf ist es nicht weit nach Alexandria.
Die Küste fällt einförmig ins Meer.

III

Das Mädchen erzählt ihrer Mutter, daß dieser Louper
ihr immer über die Schulter blickt, nicht, als übersähe
er sie, vielmehr, als stünde jemand hinter ihr.
Schwarze, buschige Augenbrauen hat er und zwei
Falten tief in der Stirn. Für einen Mann ist er eher
klein, er reicht ihr kaum bis zum Kinn; das ist,
was sie sieht.
Raoul überraschte sie einmal dabei, wie sie die Truhe
öffnete. Drei dutzend Gläser und Fläschchen waren
darin, mit Sand gefüllt, weißem, schwarzem,
allen Farben Rot.
Er verlor darüber kein Wort.
Tagsüber verläßt er nur selten das Haus.
Abends setzt er sich zu den Männern ins Café. Die
Frauen gehen über die Straße in die Häuser. Unter
dem Hijab sind ihre Gesichter nicht zu erkennen.

IV

In der Oase Siwa, weiter im Süden, war Raoul bisher nur zweimal. Die Straße läuft gerade und asphaltiert über die Ebene, bis sich das Becken von Siwa unverhofft auftut. Im Winter füllt es sich mit Wasser und spiegelt bis zum Horizont die Berge dahinter.

Im Norden kann man sich beim Gehen nur an die Straße halten. Rechts und links der zweispurigen, neuen Fahrbahn ist Stacheldraht.

Schilder warnen vor Minen.

Baut man ein Haus, kommt ein Lastwagen und kippt Schutt von den Steinbrüchen auf das Land. Das Haus, in dem Raoul wohnt, hatte man erst errichtet, nachdem eine Herde Esel den Hügel hinauf getrieben worden war.

V

Die Frau, die er einmal lieben wird, hat grüne Augen und rotes Haar. Zwischen den Beinen ist es heller, doch dicht bis zum Bauch hinauf, wie der Nacken eines Fuchses.

VI

Einmal in der Woche nimmt Raoul den Bus nach Kairo. Vom Museum geht man die Straße hinauf, dann in der zweiten Gasse links, durch einen Garten und ein schmiedeeisernes Gitter.
Oderich von Pordenone war durch ein Tal gekommen, das unweit des Stromes der Lust liegt. Viele Leichen hatte der Franziskanermönch dort gesehen und den unheimlichen Klang der Nakaren vernommen, daß ihn darob die Furcht ergriff. Nun: dieses Tal ist sieben oder acht Meilen lang. Und er war gewarnt worden; betritt es ein Ungläubiger, geht er dort unweigerlich zugrunde.
Er jedoch zögerte nicht, sagt Török und unterbricht sein lautes Lesen. Der ungarische Professor hält die Seiten des Itinerariums am Rand zwischen Fingern und Daumen.
Auf der einen Seite des Tales war das Gesicht eines großen, schrecklichen Mannes im Fels, so schrecklich, daß die Seele fast in ihm erstarb. Und er bekreuzigte sich ...
Er stieg auf einen Berg aus Sand und blickte immer wieder um sich; doch kein Mensch war zu sehen, er hörte nur dieses laute, aber wunderbare Trommeln auf den Nakaren. Auf dem Kamm oben glänzte es; überall lag Silber verstreut, wie gebrochener Schiefer. Etwas von diesem Schatz steckte er sich unters Hemd. Da aber bekam er Angst, daß ihm die Rückkehr dadurch vereitelt würde, und er warf das Silber weit von sich.

Es ist der Monat des Ramadans; der Bus würde erst wieder nach Sonnenuntergang fahren, gegen Mitternacht oder gar nicht.

VII

In der Nähe von Grosseto an der Adria gibt es eine kleine Bucht, die Cala Violina heißt. Den Namen hatte Raoul zufällig entdeckt; das war vor Jahren gewesen, Jahre, die er an den Fingern beider Hände abzählt. Dort hatte er auch seine erste Frau kennengelernt. Nein, sie ihn.
Er war am Strand hin und her gegangen, abends, wenn die Badenden ihre Tücher und Schirme schon zusammenpackten. Er schaute zwar weder nach rechts noch nach links, war selbst dabei aber nicht zu übersehen.
Sie hatte den stämmigen Körper einer Bäuerin. Beim Schwimmen tauchte sie, und bevor sie tauchte, reckte sie den Hintern ein wenig in die Höhe. Kam sie mit dem Kopf wieder aus den Wellen, prustete sie laut.
Raoul täuschte sich beständig in den Körpern.
Lag er in ihr, war es weich und einfach, sie zu finden; doch obwohl sie ihren Körper streckte, fand er keinen Halt. Es fiel trotzdem leicht, sich daran zu gewöhnen.
Er wohnte den ganzen Sommer über bei ihr und verkaufte Kokosschnitze und Cola-Dosen aus einem Eiskübel am Strand. So hielt er sich über Wasser.
Dann war ein Brief von einem Herrn names Shigeo gekommen, in dem stand, daß es ganz in seiner Nähe am Meer eine Bucht mit dem Namen Kotohiki gäbe; Koto heißt ›Harfe‹.

Er blieb auch noch den Winter, stand morgens früh auf, half dem Bäcker aus und hatte im Frühling genug gespart, um nach Japan zu fahren.

VIII

Es ist noch nicht allzu lange her, daß der ungarische
Professor und ich Raoul abgeholt haben und wir zu
dritt weiter nach Siwa fuhren.
Auf der Tagung dort, zu der man auch Amerikaner,
Italiener und Japaner geladen hatte, war die Rede
von einem Summen, Heulen und Stöhnen
wie es an- und abschwoll.
Auch um ein rätselhaftes Grollen vom Meer
ging es, die Mistpoeffers an der belgischen Küste
und die Kanonen von Barisal.
Ein Nebelhorn wurde beschrieben, der Donner.
Ein Lastwagen brachte das Gebäude zum Zittern.
Telegraphendrähte sangen, auch wenn es windstill war.
Welche Geräusche gibt es wohl
seit Anbeginn der
Welt und welche hören sich immer noch gleich an?
fragte jemand in einer Pause zwischen den vielen
Vorträgen.
Abends dann, obwohl es schon dunkel war, zeigte
man uns im Schein einer Taschenlampe die Ruinen
des Palastes auf der Kuppe; darunter befand sich ein
artesischer Brunnen. Das Wasser war grünlich, so
grün wie die Pflanzen und Algen darin; im Lichtkegel
sah man die Blasen, die es warf, und Schwaden von
Dampf in der Einfassung. Wenn man müde ist und
wieder wach werden will, ist es das beste, sich die
Füße zu waschen, sagte Raoul.
Es war der Polizeipräfekt von Siwa gewesen, der uns
geführt hatte. Alexander der Große, erklärte er, sei
hierher gekommen, um das Orakel zu befragen. In

Delphi, wußte er weiter, weissagte man durch die Erde, durch Wasser in Delos, in Pisa durch Feuer und durch die Luft in der Dordogne.
Er meint in Dodona, sagte ich leise, zu Török gewandt.
In Siwa mit allem, ließ der Polizeipräfekt nicht locker.

IX

Um aus Japan zurückkehren zu können, hatte Raoul Louper auf einem Containerschiff als Gehilfe des Schiffskochs angeheuert. Sie legten in Port Moresby an, in Singapur, Aden, Port Saïd, Alexandria und endlich Venedig; die Überfahrt dauerte zwei Monate.
Am Hafen hatte ihn Francesca erwartet. Im Zug nach Grosseto waren zu viele Leute im Abteil gewesen, um offen reden zu können. Sie fuhren an einem Aquädukt vorbei, die Sonne ging milchig im Fenster unter; das weiß Raoul noch wie gestern.
Auf dem Weg vom Bahnhof nach Hause wollte er unbedingt als erstes den Umweg zur Bucht machen. Wo der Steig in die Schlucht hinunter führt, wuchs eine Pinie. Dort endlich brachte sie es über die Lippen.
Ein Pinienzapfen wechselte von einer Hand in die andere.
Sie hätte immer schon mehrere Liebhaber gleichzeitig gehabt, sie könne sich nun einmal nicht entscheiden. Ihm jedoch sei sie treu gewesen, am längsten von allen.
Eine Zeitlang war er noch in ihrer Wohnung geblieben. Die plötzliche Gleichgültigkeit zwischen ihnen hatte er leichter zu ertragen vermocht, als nicht zu wissen, wohin. Das kleine Bad aber benützten sie morgens dennoch gemeinsam.
Die Sommersprossen auf ihrem Nacken, die sieht Raoul noch wie heute.

X

An einem der vergangenen Wochenenden haben sie mit dem verbeulten Peugeot des Professors einen Ausflug zum Sinai gemacht. Mehrmals mußten sie Polizeikontrollen passieren. Von den Frachtern im Suezkanal waren nur die über die aufgeschobene Böschung ragenden Aufbauten und Masten zu sehen.

Weiter südlich, nur wenige Kilometer von der Küste landeinwärts, liegt der Jebel Nakus; an ihn hat sich eine Düne angelagert. Das eigentümliche Rauschen, das in seinem Umkreis manchmal vernehmbar wird, ließ deutsche Reisende im Jahre 1810 anfangs an eine Äolsharfe denken.

Der Name ›Nakus‹ aber stammt von den Holzscheiben vor den Kapellen der Wüstenväter in Ägypten, die angeschlagen wurden, um die Mönche zur Messe zu rufen. Der Klang dieses Gongs hatte die Araber an den von Nakaren erinnert, Riesenmuscheln, die ihnen zu einem ähnlichen Zweck dienten. Nachdem der christliche Glaube verboten worden war, entstand so die Legende eines dort am Berg von einer Düne verschütteten Klosters.

Wenn man heute zum Joch hinauf steigt, erkennt man, daß durch die Verwitterung des Felsens der Sand ständig neu angehäuft wird. Es beginnt mit einem sanften Rascheln, dann hört man ein Murmeln und schließlich wird es laut, laut wie eine anhaltende Kanonade.

XI

Eine Äolsharfe, sagt Török, der ungarische Professor, ist etwas, das die Welt hörbar macht.
Zwischen die Äste der Eiche in Dodona hatte man Steine, Muschelschalen oder Tonfiguren gehängt, nahe genug, damit sie aneinanderschlagen konnten.
Wie denn sonst soll man den Wind hören?
Er wäre nicht einmal ein Rauschen; er wäre einfach nur Wind.
So aber schlagen die Dinge aneinander, und manches Mal ergibt sich eine Art Einklang.
Was hätte er anderes sein können, als der mit einem Gott?
Und wie ist das mit der Erde? Oder dem Feuer? wirft Raoul ein.
Im Feuer sieht man Gesichter.

XII

Osodani befindet sich auf einer japanischen Insel.
Über der Wasserlinie wird das Ufer lehmig braun,
an ihrem Rand jedoch ist es aus reinem Quarz;
Salz trocknet in weißen Streifen, Perlmutt gleißt
in der Sonne.
Jede Welle, die bricht, nimmt ein wenig Sand und
gibt ihn wieder.
Das Knirschen der Schritte, wenn man den Strand
entlanggeht, ist mit vielem verglichen worden, auch
mit dem Quaken von Ochsenfröschen.

XIII

Die Silbe des Sandes, die Sibilanten des Winds. Sand heißt arabisch *r'ml,* auf japanisch *suna*, chinesisch *sha*, spanisch *arena*, portugiesisch *areia*, in Kenia, Zaire und Ruanda *muchanga*, im Tschad *nangue*, so wie es die Franzosen aussprechen, und auf russisch *pesok*. In Burkina Faso nennt man ihn *tschintschin*.

XIV

Im Café läßt man ihn in Ruhe. Die eigene Einsamkeit wird einem stets am Gesichtsausdruck der anderen bewußt.
Raoul trinkt den Tee, kaut die Minzblätter, dann die Nußkerne, dreht sich eine Zigarette. Ist man allein, sollten solche Dinge lange dauern, damit es aussieht, als wäre man beschäftigt.
Er ist mit den Händen nicht sehr geschickt, aber er verteilt den Tabak sorgsam und rollt ihn mit den Fingern hin und her, bevor er das Papier spannt und anleckt, in der Hoffnung, es klebt.
Es ist wichtig, daß man etwas hat, worauf man den Blick richten kann, sonst wandert er zu den Frauen an den Fenstern hinauf.
Setzt sich doch einmal jemand zu ihm, kennt er immer nur ein Thema.

XV

Seine zweite Frau hatte er zum ersten Mal gesehen, als sie sich an den Tresen drängte und ihm dabei wie selbstverständlich die Hand auf die Schulter legte.

In der Bar wurde Jazz gespielt. Raoul mochte Musik nicht besonders; sie hatte ihm zu viele Töne.

Später, weil kaum Platz mehr war, stellte er sich in die Nähe des Eingangs. Der Himmel hatte die Farbe der Straßenlaternen.

Sie war mit einem Segelschiff gekommen; das schloß er daraus, daß sie auf englisch ›seadog‹ sagte und Leinenschuhe anhatte. Ihr Haar war schwarz. Es fiel ihr auf die Schulter; über der Stirn war es kurz geschnitten.

Mit einer abwesenden Geste raffte sie es hoch; für einen Roßschwanz reichte es kaum. Dann suchte sie in den Taschen ihrer Jeans. Er gab ihr das Gummiband, mit dem er unablässig spielte.

Das war in einer anderen Stadt.

Sie hieß Arlette.

XVI

An der alten Seidenstraße, in der Provinz Sinkiang, sagt Török, der inzwischen eine andere Stelle, ein anderes Itinerarium gefunden hat, gibt es Höhlen voller Malereien und eine Felswand, aus der ein fast acht Stockwerke hoher Buddha gehauen wurde. Auf der Klippe steht eine Pagode, daneben ein Heiligtum, der Tempel des Donners; dahinter beginnt wieder die Wüste.

Links des Weges, weiter zur Oase Dun Huang, am Fuß der Dünen von Ming-sha-shan, liegt ein kleiner See. Rund um ihn hatten ein chinesischer General und sein Heer auf ihrem Marsch nach dem Westen einst ihr Lager aufgeschlagen.

Mitten in der Nacht wurden sie vom Feind überrascht. Der General ließ die Trommeln rühren, um seine Truppen zu alarmieren und in Stellung zu bringen, doch sobald der Kampf begann, erhob sich ein Sandsturm, fiel vom Berg herab und begrub die beiden Armeen unter sich.

Wenn der Wind über den Grat der Dünen bläst, hört man, heißt es, das Trommeln noch immer.

XVII

Erzähl mir eine Geschichte, hatte Arlette gesagt. Was ist die schönste Geschichte, die du kennst? Erfind mir eine, egal, ob sie wahr ist.

XVIII

Es war einmal ein Stadtschreiber in Dun Huang, der eine Tochter hatte, Sichel des Mondes mit Namen. Eines Tages traf sie auf dem Markt, zwischen den Orangen, Datteln, Tomaten und dem Koriander einen jungen Maler namens Sha-shan-ze. Sie hatte den Korb voller Gemüse und Früchte für ein Fest, das der Stadtschreiber am Abend gab.
Mitten in der Nacht jedoch brach ein fürchterlicher Sturm los und wehte die geladenen Gäste weit, weit weg; dabei brachte er Sichel des Mondes und Sha-shan-ze aber zusammen. Der junge Maler rettete sie und sie dankte es ihm mit einer Locke ihres Haars.
Sha-shan-ze zog weiter, und es sollten zehn Jahre verstreichen, bis sie sich wieder begegneten. Das Mädchen war zu einer Schönheit herangewachsen, und der Maler fand Arbeit in den Höhlen, wo er den Auftrag hatte, Fresken zu malen, damit es dort Tausend Buddhas gäbe.
Eines Tages besuchten Sichel des Mondes und ihr Vater die Höhlen, um zu beten. Es war die Locke, die er um den Hals trug, woran die Sichel des Mondes den Maler erkannte; sie verliebte sich und fragte, ob er sie heiraten wolle.
Ihr Vater, der Stadtschreiber, jedoch war nicht gewillt, in eine Hochzeit einzuwilligen; der Maler, sagte er ihr, sei mittellos und nichts und niemand könne ihm seine Zustimmung abgewinnen.

Von da an kam die Sichel des Mondes unter dem Vorwand zu beten Abend für Abend in die Höhle der Tausend Buddhas. Und die Fresken, sie wurden immer schöner; auf jedem Gesicht waren ihre Augen, ihre Nase, ihr Mund.
Als der Stadtschreiber ihnen auf die Schliche kam, sperrte er Sichel des Mondes ins Zimmer. Und er machte ihr deutlich, daß sie nur einen Mann heiraten werde, einen General.
Sha-shan-ze starb an gebrochenem Herzen, als er das erfuhr. Bevor er seinen letzten Atemzug tat, bat er noch darum, am Rande des Weges begraben zu werden, der zu den Höhlen der Tausend Buddhas führt.
Über der Kuppe seines Grabes bildete sich eine Düne. In ihr hörte man in manchen Nächten ein dunkles Pochen, gleich dem eines gebrochenen Herzens.
Sichel des Mondes aber erfuhr nichts vom Tod des Malers. Um sie gefügiger zu machen, gab ihr Vater nun vor, sie könne den Maler vielleicht doch noch heiraten; und der General wartete ihr Tag für Tag mit seinen Besuchen auf. Irgendwann fand sich nichts mehr, was sie ihm noch entgegensetzen konnte, und war schließlich zu glauben bereit, daß Sha-shan-ze sie vergessen habe.

Als nun der Tag gekommen war und sie in der Sänfte zur Hochzeit geführt wurde, kamen sie an jener Düne vorbei, in der das leise Pochen zu vernehmen war.
Sichel des Mondes belauschte die Träger, wie sie sich die traurige Geschichte erzählten, doch es hätte gar keiner Worte bedurft, sie hatte den Herzschlag längst erkannt.
Voll Schmerz stürzte sie aus der Sänfte und rannte bitterlich weinend zur Düne. Aus ihren Tränen bildete sich ein Rinnsal, das zu einem Bach wurde, der sich in einen See ergoß; sie weinte so sehr, daß ihr Weinen nichts mehr zu stillen vermochte, und starb auf dem Grab ihres Geliebten.
So waren die beiden für alle Ewigkeit vereint, fügte sich die Sichel des Sees an den Fuß der Düne.

XIX

In Quimper hatte Raoul sich auf einem Trawler
verdingt, der vor Neufundland St. Pierre und
Miquelon fischte. Die Arbeit war anstrengend,
doch gut bezahlt.
Eisberge trieben nach Süden.
Sie hatten eine Woche lang Sturm und
dreißig Kilo Cannabis an Bord.
Manchmal kam es zu Handgreiflichkeiten.
Vor der Küste zogen sie am Meeresboden
einen Balken entlang, der die Fische betäubte
und sie im Netz dahinter auffing.
Das war verboten, aber keiner scherte sich darum.
Einmal fanden sie in den Maschen ein noch
tiefgefrorenes Huhn.

XX

In Halifax ließ er sich die Heuer auszahlen.
Die Felsküste war schwarz und flach, in den Mooren weiß wiegendes Wollgras, das Land ein blauer Schemen. Er mietete einen Wagen, fuhr über Montreal die Seen entlang nach Chicago und weiter und hielt nur, um in einem Motel Six zu übernachten.
In Salt Lake City ging er in einen Laden und kaufte sich die Cowboystiefel, die er sie sich schon als Junge gewünscht hatte. Sein Rist war zu hoch; nur mit einem Plastiksack um den Fuß kam er hinein.
Die erste Nacht schlief er mit den Stiefeln, weil er sie ohne Hilfe nicht mehr ausziehen konnte.

XXI

Dann war Raoul eines Morgens vor dem Leuchtturm am Heceta Head, Oregon, gestanden und hatte den Pazifik von der anderen Seite gesehen.
Dort, am Ten Mile Creek und am Cannon Beach, ging er die Dünen alle einzeln ab; er nahm sich Zeit, schlief am Parkplatz auf dem Rücksitz und wusch sich in der öffentlichen Toilette.
Es hängt nicht nur vom Sand ab, sondern auch vom Wetter, dem Wind und der Feuchtigkeit in der Luft.
Der Parkwächter, der dort seit genau einundzwanzig Jahren arbeitete, wußte nichts über die Geräusche, von denen ihm Raoul erzählte; die Buggies machten ohnehin alles kaputt.

XXII

Einundzwanzig Meilen südöstlich von Fallon,
Nevada, liegen zwei sichelförmige Dünen. Ein
Schotterweg führt bis zu den Grasmatten an ihrem
Fuß. Sie sind über hundert Meter hoch und auf der
Karte als ›Sand Mountain‹ verzeichnet.
Läuft man auf der windabgewandten Seite hinunter,
klingt es wie ein tieffliegender Bomber oder eines der
Kampfflugzeuge aus dem zweiten Weltkrieg, die von
den Fliegervereinen gepflegt werden.
Raoul nahm Arlette auch von dort eine Handvoll
Sand mit.
Nur die wenigsten denken an so etwas.
Und er schickte ihr eine Ansichtskarte, auf die er
vorne ein Herz gemalt hatte; aber er kam an,
noch bevor der Postbote sie ausgetragen hatte.

XXIII

Arlette, Arlette, Arlette! Ihre Überzeugungen waren fest und politisch.

In Quimper gibt es heute noch ein Schild, auf dem steht, daß Auf Den Boden Spucken Und Bretonisch Reden Verboten ist. Früher an einer Straßenmauer angebracht, hing es nun in dem Restaurant, wo Arlette bediente.

Wenn die Flotte nicht auslief und auch keine Arbeit in der Fischfabrik zu finden war, wohnte Raoul Louper bei ihr. Das Häuschen hatte ihr Vater für sie gekauft. Raoul kochte und hielt das Haus in Ordnung. Sie kam immer spät von der Arbeit.

Zu den Dingen, über die sie sich stritten, zählte die Tür. Sie sollte entweder offen oder zu sein; einer öffnet, der andere schließt sie, beidesmal braucht es denselben Griff. Somit, das war Raouls Meinung, konnte es kein Vorrecht auf das eine oder das andere geben.

Für vieles andere ist gleiches zu bedenken.

Solche Dinge sind nicht wichtig, und waren doch immer wichtiger geworden.

XXIV

Einmal im Jahr rief Francesca an; zumeist, wenn sie wieder einen neuen Liebhaber hatte. Sie verstanden sich immer besser. Bevor sie auflegte, sagte Francesca jedesmal, daß er ihr sehr fehle.
Es scheint, daß die Frauen Raoul Louper immer erst vermißten, wenn er fort war.

XXV

Als er das erste Mal mit Arlette spazierenging, fiel ihm auf, daß sie hin und wieder hinkte, so als hätte sie ein zu kurzes Bein.
Als er das erste Mal die Hand unter ihren Pullover geschoben hatte, fühlte er Brüste, die ihm riesig vorkamen (daß er nur wenig Erfahrung hatte, entschuldigt nichts); ihre Hüften dagegen waren schmal wie die eines Knaben, die Füße klein wie von einem Kind.
Als er das erste Mal mit ihr schlief, war ihm morgens beim Aufstehen schlecht. Danach gewöhnte Raoul sich immer wieder nur langsam an sie; daß er vom Schiff kam, half.
Er täuschte sich immer in den Frauen.
Dennoch ließen sie beide das Licht an.

XXVI

Stand sie vom Bett auf, warf sie sich stets etwas über. Schliefen sie miteinander, kam es ihr nur, wenn sie sich auf ihn setzte und er dabei zusah, wie sie sich befriedigte. Sie war grob dabei, so, als würde sie ihren Körper nur zur Hälfte spüren.
Seinen eigenen Körper mochte er nicht besonders, den Bauch, die Hände, die Zehen. So etwas erwähnt man nicht gern.
Auch nicht, daß sie vom Vater jener italienischen Familie, bei der sie die Sommer als Kindermädchen verbrachte, entjungfert worden war. Einmal in der Woche ging er zum Friseur, sagte Arlette; dann waren seine Koteletten wieder auf den Millimeter geschnitten und die Wangen vom Rasierwasser rot. Ihre Haut roch nach Linsen.

XXVII

Jedesmal, wenn er mit dem Trawler eingelaufen war, stand sie mit ihrer schwarzen Sonnenbrille am Hafen. Darunter waren Arlettes Augen blau. Raoul tat nichts lieber, als sie ihr abzunehmen, um dieses Blau zu sehen, das dunkel war, dunkler als
das Meer.
Die Liebe; er versuchte, sie nachzuahmen, und es mißlang ihm wieder und wieder. Und die Schwere ihrer Brüste hörte nicht auf, ihn zu verwirren (das mag lächerlich klingen, außer, man weiß, was gemeint ist).
Aus dem Dunkel des Schlafzimmers sah er manchmal den Mond im Fensterrahmen aufgehen, weiß wie das Glück. Raoul sagte das auf französisch; da reimt es sich: *lune* und *fortune*.

XXVIII

Den Sand, den er mitgebracht hatte, gab er in der Küche in eine Glasschüssel, eine Handbreit hoch. Dann stieß er mit einem Eisenrohr in den Haufen. Das Knirschen war da, das Reiben und, wenn man genau hinhörte, etwas, das entfernt an ein Bellen erinnerte, ein Hund irgendwo hinter den Häusern.

XXIX

Török entwirft Theorien.
Das Phänomen, daß eine Düne singt, meint er, ist am häufigsten auf der vom Wind abgewandten Seite zu beobachten. Und es scheint mit der matten Rundung der Sandkörner zu tun zu haben.
Es ist der Wind, der sie stumpf werden läßt. Er verweht sie und dabei beginnen sie zu springen, prallen wieder und wieder vom Grund ab, wirbeln andere Körner auf und verlieren so ihre Kanten. Dazu müssen sie über weite Strecken wandern; es ist aber auch die Reibung innerhalb einer Düne, die bewirkt, daß sie derart glatt geschliffen werden.
Die Dünen von Kelso in Kalifornien sind 29 km von der Küste entfernt, jene von Kauai und Niihau in Hawai nur 290 m. Vom Jebel Nakus bis zum Roten Meer waren es auf dem Kilometerzähler genau 2.9 km.
Wie weit ab liegt Ming-sha-shan? will Török jetzt wissen.
In Amerika ragt der Wipfel einer Kiefer aus einer Düne, in Afrika hat sie sich über den Asphalt gelegt, in Asien Telefonmasten unter sich begraben.

XXX

Andererseits weiß man, doziert Török, daß die Größe der Sandkörner in den Dünen von Korizo in Libyen und im ägyptischen Gilf Kebir unterschiedlich ist. Im Sand Mountain in Nevada oder in der Kalahari wiederum ist der Sand nicht einmal annähernd kugelig. Und die Düne von Ming-sha-shan besteht überhaupt nur aus Quarz; unter dem Mikroskop sind die Körner voller Narben und Krater, sehen sie wie Monde oder Meteoriten aus.
Oder es hängt von der Feuchtigkeit ab.
Oder eine dünne sphärische Schicht bindet sie.
Oder ...
Aber was erklärt das einem schon. Oder letztlich?
Selbst wenn man es mit Tafelsalz versucht, wirft Raoul ein, geht es.
Das will ihm Török jetzt jedoch nur ungern glauben, weil das Granulat eckig ist, winzigen Würfeln vergleichbar.
Was man sicher weiß, das muß man auch in einer anderen Sprache, mit anderen Worten beweisen können. Raoul brachte dem jedoch, wie ich meine, nur wenig Interesse entgegen.

XXXI

Im Gilf Kebir habe ich einmal die Zeit gesehen. Sie
war ein Rispengras, das sich an seiner Ähre herabbog.
Morgens kam der Wind von der aufgehenden Sonne,
und abends von dort, wo sie unterging. In ihm
zeichnete das Gras einen vollkommenen Kreis
in den Sand, wie eine Uhr, die keine Stunden kennt.

XXXII

In Raouls Loupers Liebe zu Arlette war stets etwas geblieben, das erst verwandelt werden mußte. Es war wie bei einem der Kippbilder, die man manchmal in Zeitschriften abgebildet findet: die vorderen Kanten sieht man bloß, wenn man sich auch auf sie konzentriert.

Sein Blick auf Arlette war manchmal abwesend. Sie wußte nicht, was er zu bedeuten hatte, sie meinte, es lägen nur Fragen in ihm.

Raoul vermied, darauf zu antworten; es gibt Dinge, die man einer Frau, will man sie lieben,
nicht sagt.

Lag Arlette auf dem Sofa und baumelten ihre Beine über die Lehne, streifte er mit den Fingern über ihre Zehen; das machte vieles wieder gut. Raoul suchte trotzdem immer nach etwas, das sie für ihn verwandeln würde.

In der Liebe, redete er sich ein, gibt es immer
leere Stellen, Winkel, die man nicht einsieht,
etwas, das man auszufüllen hat.

Man legt etwas hinein, damit alles ganz bleibt.

Warum fällt Raoul jetzt beim Reden das Wort ›Kristall‹ ein? Vielleicht weil die Liebe bewahrt sein will; doch das klingt zu sehr nach den Horoskopen, die Arlette gerne las.

Irgend etwas mußte immer unberechenbar bleiben, das war ein Satz, den sie bei jeder Gelegenheit zitierte: *quelque chose doit rester indécis*.

Deswegen hatte er ihr das Cri-Cri mitgebracht.

XXXIII

Donnerstagabend in Kairo. Die Wolken am Himmel ein wehender Pferdeschweif; die Sonne, die die Kruppe hinunterrollt, die Kuppel der Moschee hinab in den Nil.
Török lebt mit einer Ägypterin zusammen; sie sind glücklich und laden Raoul öfters zum Essen ein, manchmal auch mich. Raoul kommt ungern, das wissen sie; dennoch sind es für alle meist erfreuliche Abende.
Über den Sand hatten sie die ersten Male nur gesprochen, als Töröks Frau schon zu Bett gegangen war.
Jetzt sitzen sie beim Essen. Die Tischplatte besteht aus eingelegten Fliesen, schwarz und weiß wie auf einem Schachbrett; die Gläser wie Figuren.
Vor dem Fenster steht ein Eukalyptus.
Der Lampenschirm ist orange.

XXXIV

Der Wind trägt die Sandkörner über den Scheitel der Dünen; so entsteht ihre Schräge, sagt Török, um wieder bei einem Anfang anzufangen.
An einem bestimmten Punkt jedoch bricht die Düne. Dann bilden sich Sandfelder, die lawinenartig abrutschen. Wie bei einem Schneebrett gleitet der weiter oben liegende Teil über den langsameren, unteren; sie schieben sich ineinander und scheren aus.
Töröks Frau stellt den Fruchtsalat auf den Tisch. Sie hat ihn aus Avocados, Gurken, Pfefferschoten und Mangos zubereitet. In der Antarktis . . ., sagt Török, verschluckt sich und greift nach dem Wasserglas. Er hat sich den Mund verbrannt, aber das wird ihn nicht abhalten.
Raoul wird allmählich ungeduldig.
In der Antarktis also, beginnt er von neuem, gibt es Felder von Dünen, die sich Hunderte von Kilometern Dünen aneinander entlangziehen, aber nur wenige Meter hoch sind. Man möchte meinen, sie wanderten mit den stürmischen Winden, die dort wehen; auf den Falschfarbenphotos der Spionagesatelliten ist davon jedoch nichts zu sehen.
Vom Minarett hört man den Muezzin. Brotkanten und Krümel sind zwischen den ausgegessenen Tellern verstreut. Török schiebt sie mit dem Finger hin und her, rund um die Kaffeemühle.
Er ist mit den Experten einer Meinung, daß diese Dünen nicht durch treibenden Schnee angeweht

werden, nicht so, wie Dünen in der Wüste. Man weiß nur, daß es unter der Eisdecke gefrorene Ströme gibt, die sich ins Meer schieben, nicht aber, wo sie entspringen.

XXXV

Algerien, das war El Oued, Touggourt, Ghardaia, El Golea, In Salah und Tamanrasset; oder Asphalt bis Quatre Chemins. Es war Winter; über Nacht bildete sich in den Wasserkanistern eine feine Eisschicht, beschlug sich das Zelt innen mit Frost.
Raoul hatte einen alten Land Rover; doch welche Route man nimmt, hängt von den Fahrzeugen ab, den Reisenden, denen man sich unterwegs anschließen kann. In Ghardaia traf er zwei Deutsche, die zu Weihnachten urplötzlich beschlossen hatten, in die Wüste zu fahren.
In ihrem Kofferraum hatten sie nur einen Kanister Diesel, eine Zange, einen Schraubenzieher und einen Fallschirm. Damit ließ der eine sich hochziehen, so wie man das auf dem Meer macht. Als dadurch der Kühler kaputtging, kamen sie nur mit gänzlich aufgedrehtem Heizungsregler weiter.
Nach Quatre Chemins folgten sie der alten, mit Lehm und Schilf befestigten Piste zum Gara Khanfoussa. Das ist ein Berg, der von weitem einem Skarabäus gleicht. Umgeben ist er von einem Dünengürtel, über den die Spuren irgendeiner Rallye Paris-Dakar führen. Reifentrassen bleiben noch jahrzehntelang im Sand sichtbar; ist er einmal festgepreßt, weht es die Körner nur mehr darüber hinweg.
Der ungarische Professor schenkt den sauren einheimischen Wein nach; auch ich ..., aber Raoul läßt ihn nicht zu Wort kommen.

Es liegen überall kaum angerostete Benzinfässer und Konservenbüchsen herum, und die Trasse quert eine Ebene, auf der ich zahllose Pfeilspitzen und Faustkeile fand.
Eine Spur lief gerade über eine makellos erhaltene Reibeschale hinweg; sie war mitten entzwei gebrochen worden.
Die Franzosen nennen sie *meules dormantes*, schlafende Mühlen.

XXXVI

Der Mercedes kam nicht über die Dünen. Also machte Raoul den Abstecher zum Erg Tiffernine allein. Tiffernine; er mochte den Namen, vielleicht würde er seine Tochter einmal so nennen.
Steigt man hinauf, geht man mit zwei Schritten immer auch einen zurück; höher werden sie nicht, die Dünen der Sahara. Am Fuß sind sie dottergelb, dann grau vom angewehten Flugstaub und werden nach oben hin purpurn, schließlich blutrot.
Er nahm nur Wasser mit und seinen Schlafsack. Er vertraute darauf, daß die Deutschen ihn im Notfall suchen würden, zweifelte zwar insgeheim daran, verdrängte es aber.
Das war mehr als leichtsinnig.
Die Angst verließ ihn auch unter dem Gehen nicht, sie wuchs mit jedem Schritt, der ihn vom Land Rover entfernte.
Vom Joch der Dünen aus sieht man in tiefe Krater, die der Wind bis auf den ausgebleichten Fels freigeweht hatte.
Es war eine andere Zeit, die man daran sah.
Mit der Hand durch den Sand zu fahren, genügte, um sie zu hören. Der Ton glich dem der tiefsten Saite eines Cellos oder eines Kontrabasses; es blieb nur ein vereinzelter Ton, doch als er nachts im Schlafsack lag, hallte er über eine Viertelstunde nach.

XXXVII

Beim Militärposten von Amguid redeten sie bereits nicht mehr miteinander. Es hatte mit den kleinen Dingen begonnen, der letzten Orange. Oder dem Tee, morgens. Man ist ja nicht kleinlich, aber irgendwann einmal ist Schluß.

In Tamanrasset schließlich gingen sie grußlos auseinander. Im Gedränge am Markt fuhr er mit dem Hinterrad unabsichtlich über eine Schachtel. Sie war der ganze Besitz eines Nigerianers, der sie jemandem aus Mali abgekauft hatte, der sie wiederum von einem aus Mauretanien hatte; eigentlich aber gehörte sie einem Händler aus dem Niger. Sonnenbrillen waren darin; der Reifen hatte zwar bloß die linken Gläser zerbrochen, dafür alle.

Der Auflauf war groß, das Palaver dauerte lange.

Und dann? fragt der ungarische Professor.

Ich bezahlte, erwidert Raoul. Natürlich zuviel; dafür aber schenkte mir der Nigerianer das Cri-Cri, das er um seinen Hals trug. Als hätte ich mir mit dem Geld auch seine Freundschaft erkauft.

In einem Cri-Cri ist der Anfang einer Sure aus dem Koran eingenäht. Ab und zu komme ich in Versuchung, die Naht aufzutrennen, sagt Raoul, um nachzusehen, aber ich tue es dann doch nie. Vielleicht liegt darin die Wirkung.

XXXVIII

Berge gibt es da, ein Vulkanmassiv mitten in der
Wüste. Zodiakallicht und das Kreuz des
Südens.
Er war um vier Uhr morgens aufgestanden und im
Dunkeln den Pfad hoch zur Eremitage am Assekrem
gestiegen. Drei Stunden lang ging nichts als die Sonne
auf, die Sonne im Wind, der an der Haut fror,
die Sonne in die Nacht.
Und zum ersten Mal kam Ruhe über ihn; etwas ließ
ab, ihn zu bedrängen.
Der Einsiedler, der dort oben lebte, ein ehemaliger
Bäcker aus Marseille hielt in seiner Hütte eine Messe;
der Altar war eine Steinplatte, die drei Basaltsäulen
trugen, davor lag ein Ziegenfell.
Zeitlebens wird er keinen bekehren, zu nichts, sagt
Raoul; ich glaube nicht, daß ihm daran etwas liegt.

XXXIX

Als er aus Algerien dann zurück war, eröffnete Arlette ihm sogleich, daß sie ihn verlassen würde. Sie gab keinen Grund dafür an und wies auch das mitgebrachte Geschenk zurück.
Seine Geschenke glichen sich immer.
Entscheidungen werden stets in Abwesenheit gefällt.
Sie scheinen kaum je eine Ursache, nur eine Symbolik zu haben.

XL

Wenn eine Liebe zu Ende ist, wechselt man den Ort. Kommt man später einmal wieder zurück, ist es stets ein Zufall. Die Stadt, in der man gelebt hat, wird für immer so bleiben, wie man sie in Erinnerung behalten hat. Daß vieles dann aber nicht mehr wieder zu erkennen ist, bedeutet jedoch nicht, daß sich auch wirklich etwas verändert hat.

Raoul war nach Italien zurückgegangen, nach Grosseto, zu der kleinen Bucht, die Cala Violina heißt. Geht man oberhalb der Wasserlinie entlang, knistert der Sand wie ein mit Kolophon bestrichener Geigenbogen, selbst wenn es längst nicht mehr wahr ist.

Er kam ein paar Tage bei Francesca unter und fand durch sie Arbeit in einem Hotel, in der Küche. Auf dem Nachtkästchen neben dem Bett stand eine Terpentinflasche, damit die Laken vom Teer nicht schmutzig werden.

Auch der Strand auf der schottischen Insel Eigg, das hatte Herr Shigeo zu erzählen gewußt, verlor vor kurzem erst seine Eigenart; vielleicht hatten die neu errichteten Wellenbrecher den Lauf der Gezeiten verändert, oder die vielen Öltanker waren die Ursache.

Raoul schrieb seitenlange Briefe an Arlette. Francesca sagte ihm, daß dies nichts nutzen würde und wandte sich wieder anderen zu. Weil sie dabei meistens sehr laut war, ging er währenddessen spazieren.

XLI

Der Koch dort war aus Neapel; er hatte von einem Hund geträumt, der sich in einen Spiegelschrank verwandelte, nur um von einem eifersüchtigen Ehemann samt dem Rest des Mobiliars aus dem 17. Stock geworfen zu werden. Dem Traumbuch zufolge, das er zu Rate zog, bedeutete dieser Traum die Zahl 51. Er gewann im Lotto, beschloß, sich mit dem Gewinn ein Hotel in Iquito, Peru, zu kaufen und bot Raoul eine Stelle an.

Die Terrasse ging auf das Ufer. Gemeinsam bauten sie einen Pizzaofen und sahen morgens den schwarzen Geiern zu, die sich im Sand neben den Korbstühlen niederließen. Raoul machte jeden Morgen ein Photo von den wechselnden Konstellationen der trägen Vögel.

Die Gäste waren vor allem Amerikaner und Deutsche. Sie tranken Bier, das sie in der Hitze ausschwitzten, beklagten sich nach der ersten Nacht über die Moskitos und reisten nach der dritten wieder ab.

Es gibt 74 verschiedene Arten von Moskitos.

XLII

In der Regenzeit, wenn keine Touristen mehr kamen, sperrten sie das Hotel zu. Raoul flog nach Lima, nahm sich einen Wagen und fuhr in die Kordilleren, in die Schlucht von Paypote.
Der Tankwart erzählte ihnen von Schneestürmen, in denen es Steine hagelte. Sein Bruder, sagte er, sei aber an einem wolkenlosen Tag umgekommen, als das Thermometer unter den Nullpunkt fiel.
Sie hätten ihn erst nach zwei Jahren am Rande eines Saumpfads gefunden; sein Körper war vollkommen erhalten, so, als schliefe er, die Zügel seines Maultiers noch in den Händen.

XLIII

Im Tal von Copiapo roch es nach Nelken. Raoul übernachtete auf der Bank einer Kneipe. An der Theke erzählten sie von einem Hügel namens Bramador – nach dem brunftigen Brüllen eines Stiers.
Der Weg hinauf und der Weg herab ist ein und derselbe. Den Auskünften zufolge jedoch entstand der Laut nur, wenn man die Düne hinaufkletterte, nicht aber beim Hinuntergehen.
Das stellte sich als richtig heraus.

XLIV

Auch wenn Raoul allein ist, denkt er daran zurück.
Die Tochter der Vermieterin stellt ihm das Essen auf
den Eichentisch; die Nudeln sind aus grobem Mehl,
sie dampfen noch und schmecken leicht bitter.
Der Eichentisch stammt von einem italienischen
General aus dem Großen Krieg.
Das Meer bricht sich monoton auf dem weißen Sand.
Schwimmen hat er nie gelernt.
Die Frau, die er lieben könnte, würde grüne Augen
und rotes Haar haben. Zwischen den Beinen wäre es
heller, dicht bis zum Bauch, wie der Nacken des
Feneks, dem er seinen halbvollen Napf unter die
Bäume stellt.
Morgens ist er jedesmal leer.

XLV

In manchen Träumen hat er die Hände geballt.
Die Luft ist drückend heiß, feucht, die Sonne noch nicht aufgegangen.
Er schläft kaum mehr als vier Stunden.
Die Lichter der Fischerboote stehen im Rahmen des Fensters; sie blinken mit dem Auf und Ab der Wellen an der Wand wie das Feuer eines Leuchtturmes.

XLVI

Die Zikaden. Hinter dem peruanischen Hotel drang ihr
dumpfes Summen aus dem Regenwald. Mit dem
anderen Ohr aber war ein unregelmäßiges, unangenehm
helles Sirren zu vernehmen, wie ein rostiges Gatter,
das der Wind in seinen Angeln dreht,
auf und zu, auf und zu.
Die Nacht war voll davon.
Diese beiden unterschiedlichen Laute stammten
von ein und demselben Tier, das nicht größer als ein
Daumen war; sie blieben von allen Geräuschen, die er
je kennenlernen würde, die einzigen, die mit denen
des Sandes vergleichbar waren.

XLVII

In Iquito hatte er Elif getroffen. Sie nannte sich so: Elif; das war ihre Abkürzung für den Namen, den sie ihrer deutschen Mutter verdankte.
Gegen ihre Mutter habe sie nichts, beeilte sie sich hinzuzufügen. Ihr Vater war Franzose, aufgewachsen war sie in Toulon.
In der Fremde jemandem zu begegnen, der beinahe noch aus der eigenen Stadt stammt, schafft eine Art von Vertrautheit. Manchmal ist sie auch unerwünscht; man begrüßt sich dann nur mit einem angedeuteten Kopfnicken, übergeht sich sonst aber.
Das war auch zwischen Raoul und Elif so.
Elif; den Namen auszusprechen, war seltsam.
Erst nach Wochen redete er sie an, als es nicht mehr zu umgehen war. Elif arbeitete für den Nationalpark als Führerin, leitete die Exkursionen.
Oft sind es nur die Flügelspitzen, die eine Vogelart von der anderen unterscheidet, sagte Elif und breitete die Arme aus.
Sie lachten.
Am selben Abend erfuhren sie voneinander, daß sie denselben Geburtstag hatten. Das war fast schon zuviel an Vertrautheit, denn unterschiedlicher hätten sie gar nicht sein können. Es dauerte dennoch einige Zeit, bis sie es auch selbst bemerkten; das ist die Liebe.

XLVIII

Ihre Augen waren dunkel, der schmale Rand der Iris so dunkel wie die Pupillen, die so weit waren, als sähen sie mehr, weiter als andere.
Raoul schaute sie an und kam an kein Ende.
Es war nichts Unangenehmes dabei, nicht, wie wenn der Blick über kurz oder lang übergeht in offenes Starren und man ihn abwendet.
Ein Alam ist irgendein Zeichen, erzählte ihr Raoul, das den Weg weist, meist eine kleine Pyramide aus aufgeschichteten Steinen, oft auch nur ein undicht gewordener Wasserbehälter oder ein Stab im Sand. Damals auf dem Weg nach Korizo kamen wir so an einem verlassenen Ölbohrlager vorbei. Container standen herum, Gerät, und da war auch ein Häuschen mit einer eisernen Tür; aus dem betonierten Boden innen ragte ein Rohr.
Nimmt man einen Kiesel, wirft ihn hinein und zählt, hört man nichts, überhaupt nichts, so lange, bis man bei 48 ankommt. Dann ist der Aufprall wie eine Sprengung im Fels, ein lautes Zischen, das in Wellen nach oben dringt und nur langsam schwächer wird.

XLIX

Elif hatte ihm die Vögel gezeigt. Sie sah sie schon mit freiem Auge, während er mit dem Feldstecher oft vergeblich die Äste absuchte. Im Glas waren die Bäume nicht wiederzuerkennen, als würde mit der Vergrößerung alles unkenntlich. Sie stellte ihm ein Stativ auf, richtete es für ihn ein, und dann stachen sie plötzlich blau und rot aus dem Laub, als wären sie ganz und gar unwirklich, so, als schaute man in ein Kaleidoskop.
Den Sandvogel lockte sie an, indem sie die Lippen auf die offene Handfläche preßte und naß und laut die Luft einsog, schmatzte, küßte. Jedesmal erwiderte er den Ruf, doch immer von woanders; sie gingen ihm eine Stunde lang vorsichtig nach, bis Elif ihn schließlich auf einem Kakaobaum sah, wie ein verwelktes Blatt, in allen Ockertönen, eine weiße Linie unter der Kehle wie ein Stengel.

L

Er spricht nie über persönliche Dinge, davon ist Raoul überzeugt.
Was war sie für ein Sternzeichen? fragt Töröks Frau.
Raoul hat zuviel getrunken; das sei der einzige Grund, auf so eine Frage überhaupt einzugehen, sagt er verächtlich.
Alle waren sie Skorpione.
Fast hätte Töröks Frau hellauf gelacht; sie verbeißt es sich aber.
Er nennt sie nie bei ihrem Vornamen. Das ist kein Zeichen von Abschätzigkeit, nein. Im Grunde tut er es bloß, weil er Török um sie beneidet.
Manchmal sieht er trotz seiner mürrischen Launen etwas verloren aus, meinst du nicht?, sagt Töröks Frau zu ihrem Mann, als er zu ihr in die Küche kommt, das Geschirr in den Händen.
In der Dämmerung vor dem Fenster sieht der Baum aus, als würde er nur in der Erde wurzeln, damit sie nicht abdriftet ins Dunkel.

LI

Zuerst hatte er nichts gesagt, dann aber sagte er es ihr wieder und wieder, wenn sie sich beim Essen gegenübersaßen, wenn er neben ihr ging, sie plötzlich ihr Profil ins Licht drehte: sie sei die schönste Frau, die er je gesehen habe. Und ein Lächeln spielte dabei über sein Gesicht, daß er ihr dadurch wiederum fast hübsch erschien.
Er machte ihr den Hof, brachte ihr kleine Geschenke, die er mit eigenen Händen verfertigt hatte; es war, als hätte er von seinen beiden Frauen vorher alles nur gelernt, um jetzt sie glücklich zu sehen.
Diesem unerschütterlichen Glauben hängen häßliche Männer oft an.

LII

Sie hatten die Nacht verabredet, in der sie miteinander schlafen würden. Raoul schnitt so viele Orchideen im Wald ab, wie er konnte; der Koch half ihm dabei. Er verteilte die, die im Rucksack nicht zerdrückt worden waren, auf dem Bett (das klingt nur hier übertrieben; es gibt Orchideen, die bloß aus Wurzeln bestehen).
Im Hemd kroch sie unters Moskitonetz.
Raoul sagte ihr alles in den Bauchnabel, was sie für ihn sein würde. Ihr Busen, sagte er ihr, sei wie die warmen Bäuche von Spatzen; das war ein poetischer Satz, der einzige, der ihm einfiel, je.
Die Scheu nahm es ihr nicht.
Das hatte nichts mit dem Bett zu tun; dort war sie ganz bei ihm. Sie hatte die Angewohnheit, ihm dabei ins Ohr zu flüstern, wie lange es noch dauern würde, bis der Moment käme; der Moment, sagte sie.
Dennoch war es, als könnte er sie nie ganz aus sich herausschälen. Und er dachte dabei auch an seine groben, ungelenken Finger, die nie richtig wußten, was mit ihrer weichen Haut anfangen. Er bemühte sich, suchte nach einem Widerstand und fand ihn manchesmal zwischen ihren Beinen.
Nicht so schnell, sagte Elif, und er zuckte zurück, um sich wieder zu verlieren.

LIII

Daß kein Zweifel darüber besteht: sie war schön, außergewöhnlich schön. Das hatte auch Francesca gesagt, als sie mit ihrem neuesten Verlobten zu Besuch gekommen war.

Elifs Schultern waren schmal, die Locken fielen ihr weit über den Rücken. In Ägypten hielt man sie für eine Araberin, erzählt er Töröks Frau und erwartet sich dafür ihre Komplizenschaft; in Israel für eine Jüdin, in Frankreich für eine Französin.

Sie war in allem das Gegenteil von Arlette.

Und wieder hatte er sich in dem Körper der Frauen getäuscht, sah er erst viel später, daß Elif alles tat, um ihren großen Hintern mit einem Schwung, einem um die Hüften geschlungenen Handtuch zu verbergen.

Ein Fettsteiß, sagte sie verächtlich, ohne wirklich von ihm Widerspruch zu erwarten.

Ein Uhrglas, sagte er trotzdem.

Nachts war das Licht, das vor dem Hotel brannte, durch die offene Luke der Tür gefallen, daß es ewig wie vor Tagesanbruch blieb. Manchmal war Sturm; dann rollte der Fluß ans Ufer, daß das Bett leicht zu schwanken begann.

Er bat sie oft und oft, einfach nur in diesem Licht zu bleiben. Nichts war ihm lieber, als sie dort nackt stehen zu sehen.

Warum, wußte er nicht, ebensowenig, wie er sich auch über anderes im klaren war; das hatte Elif leicht herausgefunden.

Daran aber lag es nicht.
Ihr Rücken, der matte Glanz, der von ihrer Haut ausging, all das war ein Versprechen.
Also betrachtete er sie heimlich, wenn sie sich unbeobachtet fühlte. Das merkte Elif schnell. Sie duldete es nicht, sperrte die Badezimmertür ab, mied, was nur irgendwie spiegelte.
Es war, als könnte nichts sie mit ihrem Körper versöhnen. Auch nicht das wenige, was Raoul ihr zu sagen vermochte. Die Worte waren nie die richtigen. Und seine Hände wußten nicht, wie das Fehlende aufwiegen.

LIV

Nur manchmal und nur im Bett saß sie mit dem Rücken zu ihm und hielt sich an seinen Beinen fest.
Das Schulterblatt, das Wünschelbein.
Der Schwanz und die rosa Naht ihrer Beine. Das Braun des Anus und das Weiß der Haut.
Da war keine Lust und nichts mit den Fingern zu berühren. Etwas Hartes.
Nur ein Sich Öffnen Für Einander, damit sie beide ineinander beschlossen waren: es ist schwer, ein Wort für das zu finden, was Raoul dachte.
Und immer zu kurz. Zu fern.

LV

Alles liegt im Anfang begriffen. Raoul hatte den Fehler gemacht, Elif von Arlette und Francesca zu erzählen. Er erzählte es, wie man ein Rätsel erklärt und sich von einem anderen die Lösung erhofft.

›Für einen Hund hat es dieselbe Seite (5 Buchstaben)‹, stand bei 5 unten im Kreuzworträtsel der Zeitung, die der Koch und er abonniert hatten und die immer erst nach zwei Wochen eintraf. Keiner von beiden konnte genug Englisch dafür.

Elif aber verstand Raouls Geschichten nur als umständliche Umschreibungen jener Erwartungen, die er an sie zu stellen schien. Nichts, was er sagte, noch die Nächte vermochten daran etwas zu ändern.

Was davon wiederum zu halten war, wußte aber der Koch. Schöne Frauen, meinte er und boxte Raoul kameradschaftlich in den Bauch, sind immer unsicher, nur Gott weiß warum; Männer jedoch, wenn sie sich schönen Frauen gegenübersehen, werden anzüglich. Der Grund ist einfach: sie glauben, daß sie sie nie bekommen, und werden deshalb grob.

An Anzüglichkeiten hatte Elif einiges auszuhalten. Daß sie sie kaum je als Komplimente auffaßte, als die sie vielleicht gemeint sein mochten, ist verständlich. Trotzdem änderte das nichts daran, daß man ihr nach einiger Zeit nahelegte, entweder freundlicher zu den Touristen zu sein oder nur mehr auf die Schreibmaschine einzuhacken.

Auch der staatliche Beauftragte des Naturparks war ein Mann.
Raoul ging mit ihr zurück nach Frankreich.
Das war der einzige Grund.

LVI

El Punto de Diablo in Südamerika. Bir el Abbes in Algerien. The Mountain of the Bell, Mexiko. Gebirge von Dünen Tausende Meter über dem chinesischen Meer, in der Namib-Wüste, der Kalahari;
ein Dröhnen, Donnern und Trommeln im Widerhall.
Strände in Vietnam, Thailand und den Aleuten, wo man im Klirren des Sandes die Stimmen von Tieren zu hören vermeint.
Anderen wird die Welt über andere Orte, andere Dinge zu einem. Mag sein, daß die Idee einer Art Unschuld dahintersteckt; zumindest jedoch das Verlangen danach.
Bleibt es ungestillt, dauert die Einsamkeit zu lange, dann ist man bereit, jedem schließlich alles zu gestehen. Töröks Frau erzählt er dieses, beiden zusammen jenes, und das, obwohl ihm schon die ersten Sätze zuviel zu verraten schienen.
Ein Eingeständnis von Schwäche.
Gibt man ihr nach, will man auch sehen, wie tief, wie weit sie reicht. Es ist wie mit dem Sand, den man lostritt. Vielleicht, daß aus dem Rauschen sich ein Laut herauslöst, etwas, was Raoul bis dahin immer überhört hat; ein Omen, wenn man es so nennen will.
Raoul erzählt Török von den Orchideen; es ist ihm im nachhinein unangenehm. Der reagiert auf diese unverlangten Geständnisse wie die meisten von uns, ein wenig hilflos und bemüht, Interesse zu zeigen.
Gemeinplätze.

Die Welt in einem Sandkorn auf der Handfläche zu sehen, den Himmel in einer Orchidee; aber du magst ja keine Bücher, sagt Török und es klingt ungewollt spöttisch.
Es ist wie mit den Sprichwörtern, antwortet Raoul.
Sie stimmen alle und widersprechen sich dadurch.

LVII

Erzähl mir eine Geschichte, hatte Elif gesagt. Und mach, daß sie wahr wird.

LVIII

Es war einmal ein Stadtschreiber in Dun Huang, der hatte eine Tochter mit dem Namen Sichel des Mondes. Er liebte sie abgöttisch, in jeder ihrer Gesten sah er seine Frau, die bei der Geburt seines Kindes gestorben war. Am Jahrestag gab es stets ein großes Fest, das er über Monate hinweg vorbereitete. So waren Trauer und Freude beisammen, wurden eins und eines.

Zu seinen Freunden zählte ein General, der seiner Truppen und des Kampfes müde geworden war. Gemeinsam verbrachten sie die Abende damit, Raketen für die kleinen, sorgsam gearbeiteten Gehäuse aus Holz zu bauen, die sie mit Flitter und gefärbtem Pulver füllten. Die Feuerwerkskörper setzen die Sterne bunt in Brand; das war der Höhepunkt eines jeden Festes.

Es war an ihrem dreizehnten Geburtstag, da ein großer Wind aufkam und Funken am Festzelt aufzulodern begannen. Ein junger Musiker namens Sha-shan-ze sah, daß ihr Flammen um das Haar standen.

Er nahm ihren Kopf in seine Arme, drückte sie an seine Brust, um das Feuer zu ersticken, und geriet dabei selbst in Brand. Fortan hatte er ihren erstaunten Blick vor Augen, die schmalen Lider wie die Blätter der Wasserlilie, das Gesicht hell wie ein Stein, über den der Bach fließt.

Zehn Jahre lang sah er sie nicht. Erst in der Höhle von Mogoa, wo er zur nächtlichen Feier der Tausend

Buddhas mit seiner Laute spielte, begegnete er ihr wieder. Sichel des Mondes erkannte Sha-shan-ze an dem dunklen Brandmal auf der Wange und verliebte sich in ihn.
Ihr Vater jedoch wollte in keine Hochzeit einwilligen, weil der Musiker mittellos war.
Ich verstehe dich, sagte der Stadtschreiber zur Sichel des Mondes. Ohne Musik wäre der Himmel leer und totenstill; sie aber läßt uns das Drehen der Erde hören, wie ein Kreisel, wenn man ihn auf die Tischplatte setzt und das Holz dann leicht zu singen beginnt; man fühlt es in den Fingerspitzen.
Aber, sagte der Stadtschreiber zur Sichel des Mondes, ein Musiker horcht in dieses Leere hinein, um in ihr einen Ton zu finden, der über dieser Stille liegt. Nie aber wird er denselben ein zweites Mal auf seiner Saite anschlagen; seine Kuppe tastet wieder und wieder nach einem neuen; das Schweigen des Himmels läßt keine Wiederholung zu.
Auch ein Kreisel, einmal abgezogen von seiner Schnur ...
Eine Frau jedoch ...
Der Stadtschreiber führte keine der beiden Parabeln zu Ende, was zeigt, daß er ein kluger Mann war. Doch Sichel des Mondes ahnte, was er ihr raten wollte. Sie dachte an ein Feuerwerk, die Sternbilder, die es kurz über den Himmel zeichnet, damit sie schöner als ein Geliebter scheinen.

Und der General?, fragte Sichel des Mondes ihren Vater. Er hatte in all den Jahren kein einziges Wort an sie gerichtet. Die Feuerwerkskörper jedoch, die er voll mit Pulver packte, sie nahmen mit jedem Jahr mehr die Gestalt eines Vogels an, wenn sie verglühten, ein Vogel mit blauen Schwanzfedern und Flügeln, die sich schließlich weit über den Himmel ausbreiteten. Und sein Blick, der auf ihr ruhte, wenn sie ihrem Vater und ihm den Tee brachte, er wurde ruhiger und ruhiger.
Es war an ihrem Geburtstag, daß er das schönste Feuerwerk seines Lebens entzündete und sie zur Hochzeit schritten.
In Sha-shan-ze aber gloste der Brand weiter wie Holzspäne in einer verschließbaren Schale, die man mit auf die Reise nimmt. Manchmal hielt es ihn innen warm, wenn er in den Bergen am Rande der Provinz Sinkiang nachts seine Laute nahm und im Schnee spielte. Nie wurden ihm die Finger klamm, aber es dauerte nicht lange und er begann zu husten und siechte dahin, daß man ihn schließlich in ein Kloster brachte. Auf seinem Totenbett bat er noch darum, auf halbem Weg zu den Höhlen der Tausend Buddhas begraben zu werden.
Die Sichel des Mondes, sie besuchte sein Grab, über dem sich langsam eine Düne bildete, und jedesmal vergoß sie eine Träne. Kam Wind auf, hörte sie den Sand singen; es klang wie eine Saite, die man nach ihm stimmt.

Und dann kamen Jahre der Stürme, Jahre der Ernte, Jahre der Dürre und wieder Jahre der Sonne und der Stürme. Der General wurde mit allen Ehren begraben, und es gab nichts mehr, was sie vermißt hätte, denn das Vermissen ist etwas Körperliches.
Doch als die Sichel des Mondes hinter dem Berg der Tausend Buddhas für immer unterging, brach rings um die Düne Ming-sha-shan die Erde auf und all das Wasser ergoß sich.
So waren die beiden für die Ewigkeit vereint, so fügte sich die Sichel eines Sees an den Fuß einer Düne.

LIX

All die Orte und ihre Aufzählung. Es ist schwer auf den Punkt zu bringen, was die Reisen für Raoul waren. Er selber dachte kaum darüber nach; sie waren seit der Fahrt von Grosseto nach Japan zu selbstverständlich geworden. Nein, das ist nur zur Hälfte wahr, so wie jede Reise immer nur eine Hälfte ist.
Jede Reise, das fühlte er, trug etwas auf. Für jede von ihnen legte er etwas ab, wie einen Mantel, einen Pullover, ein Hemd. Sie nahm ihm eine Hülle, die Haut.
Darunter kam an manchen Stellen eine Leere zum Vorschein, Brüchiges, das nicht mehr zusammenhielt. Als wäre dort kein Ganzes. Als würden die Worte weniger und weniger; als fiele das Sprechen immer schwerer.
In der Wüste zieht man sich dunkel und warm an; man trinkt Tee.
Francesca, Arlette, Elif, Francesca.
Mit jedem der Namen verbindet Raoul eine Heimat, ohne sie zu finden. Und doch ist sie die einzige, der er nahekommt.
Elif, Francesca, Arlette; Elif.
Mit jeder von ihnen wird er stummer, gerät mehr in sich. Die Ferne spürt er von sich aus. Mit jedem Mal wird die Sehnsucht größer; mit jedem Mal rückt er von etwas ab.
Der Körper ist nur das eine davon.

LX

Ein ausgetrocknetes Flußbett oder die Arme eines
Deltas, Dürre; ein Busch, irgendein Kiesel, sogar
ein Termitenhügel manchmal: dem Wind
genügt das.
An ihm richten Wächten sich aus und wachsen sich
zu Dünen aus; sie bilden Ketten und Wälle, werden
ei-, herz- oder sternförmig.
Die Springfracht des Windes bläst die Körner über
Luv, kaum höher als ein oder zwei Fuß, bis sie am
Kamm festgepreßt werden und schließlich auf der
steileren Leeseite wieder abgleiten; es ist wie mit
den Wellen.
Der Wind schiebt sie vor sich her.
Manche stauen sich auf und werden so rund wie
Walrücken. Einige kollidieren miteinander, rollen
dann weiter und lassen hinter sich eine kleine,
noch junge Düne zurück; solch groteske Imitationen
des Lebens wirken auf jemanden, der zuviel Phantasie
hat, sehr leicht verstörend.
Eine flache Sandwehe, die sich hinter einem Busch
etwa anlagert, heißt Nebkha. Die schmalen Klingen der
Seif ziehen sich dem Wind entlang; der Name ist
Arabisch für Schwert. Die langen Sicheln der
Parabeldünen dagegen stehen in den Wind, sie
schleppen ihre Flanken nach, die noch an einem Rest
von Feuchtigkeit haften, hinken hinterher.
Trocknet der Wind sie aus, wenden sie sich binnen
Tagen und werden zu Barkchanen, die mit ihm, vor
ihm her wandern; ihre Schenkel weisen windabwärts.

Draa wird das Labyrinth genannt, zu dem Strich- und Gitterdünen sich aufbauen; in den Rippeln auf ihren Bögen wiederholt sich alles, noch bis ins Kleinste.
Trifft der Wind auf eine Klippe, lagert sich der Sand windaufwärts ab; der Wirbel, der sich dabei bildet, läßt einen Korridor frei werden.
Oft liegen Oasen und Wege darin.
Solche Dünen nennt man Echo-Dünen.

LXI

Sandseen sind verwitterte Berge und abgelagerte
Flüsse. Manchmal bestehen sie überhaupt nur aus
verdunstetem Meerwasser; der Gips blendet.
Feldspat und Quarz.
Grand oder Grit, kieselig oder eisenhaltig. Bleisande
und Kalk; doch woher der Sand der großen Wüsten
kommt, kann niemand genau sagen; es braucht
eine Million Jahre, um ihn hundert Kilometer
stromabwärts zu bewegen.
Der Wind unterscheidet nicht; es ist das Wasser,
das den Sand siebt.
In der Südsee besteht er überwiegend aus
vulkanischen Partikeln. Die weißen Strände der Atolle
setzen sich jedoch aus mikroskopisch kleinen
Tieren des Riffs zusammen, aus von Wellen
zerriebenen bunten Korallen, spiralförmigen
Schneckengehäusen, einzelligen Foraminiferen,
Fragmenten von Muscheln, den sternförmigen Nadeln
von Seeschwämmen, dem Kalk winziger Stückchen
einer grünen Alge, die auf unterseeischen Grasweiden
wächst.

LXII

Es gibt ein Thema, über das Raoul und Török gerne eingehender gesprochen hätten, es aber nur deshalb nicht tun, weil sich darüber nichts Gesichertes sagen läßt. Vermutungen erschöpfen sich schnell.
Sie kennen sicher die Szene im Film ›Lawrence von Arabien‹, wo Peter O'Toole heldenhaft mit dem im Schlaf vom Kamel gefallenen Araber zurückkehrt.
Die ist es nicht.
Gemeint ist eine der Einstellungen danach, wo er hilflos zusehen muß, wie sein Diener Daud
vom Treibsand verschlungen wird.
Die Frage ist, ob es so etwas wirklich gibt.
Treibsand, Quicksand, Sables Mouvants nennt man den äußerst losen, nassen Sand, der sich an manchen Küsten im Watt findet; es ist das Wasser, das verhindert, daß er sich verfestigt.
Doch in der Wüste?

LXIII

All die Orte und ihre Zeit. Sie wiederholen sich, ohne daß man sich ihrer Wiederkehr bewußt würde. Es braucht mindestens drei Punkte, um einen Kreis zu bestimmen; das tut man, um den Mittelpunkt zu finden.
Doch was, wenn sie, wie in der Wirklichkeit, auf einer Geraden liegen?
Was nützt einem sphärische Geometrie?
Die Scherkräfte einer Düne, die Eigenschaften von Sanden vermag sie nicht zu berechnen.

LXIV

Töröks Frau hat eine Halbschwester, deren Bruder seine Militärzeit an der ägyptischen Grenze in einem Posten abdiente, dessen Kommandant wiederum von einem einheimischen Führer erfuhr, daß es in der Großen Sandsee Treibsand gäbe.
Die Kamele, so wurde erzählt, hätten die Stelle, die sich selbst für die scharfen Augen des Treibers kaum von der Umgebung abhoben, schon von weitem gerochen. Dann seien sie störrisch vor einem Sandfeld stehengeblieben, in dem sich, wenn man mit dem Stock hineinschlug, Wellen flach ausliefen, wie von einem Ufer zu einem anderen.
Verwerfungen, Eiszeiten, austrocknende Meere. Perioden und Epochen.
Präkambrium, Archaikum, das Holozän. Der Sand zu feinem Staub zermahlen, abgeschilfert, versplittert und von unbestimmbarer Tiefe.
Vielleicht, schlägt Török vor, ist es Ton, der sich in einem Becken abgelagert hat; feiner Silt am Grunde eines ursprünglichen Sees. Dann jedoch hätten Hitze und Regen ihn zu einer harten Kruste, der Wind ihn zum Sediment ausgehärtet.

LXV

Und dann? fragt Török. Seine Frau kommt mit Halwa aus der Küche. Raoul erzählt, erzählt mehr und mehr für sie allein.
Elif fand schließlich eine Stelle in Monaco, im Institut für Meeresbiologie; ich bei einem Ballonfahrer in Avignon, dem ich mit dem Pick-Up hinterherfuhr, um die Hülle jeweils wieder zurückzuverfrachten.
Der Wind dreht in alle Richtungen.
Einmal hatten wir zwei reiche schwule Amerikaner im Korb, die sich dort oben ihr Jawort gaben; nach dem Diamantring, den sie aus dem Ballon warfen, suchte ich tagelang.
Ein andermal landete Jacques, so hieß er, im Innenhof eines Gehöfts, das einem Ägypter gehörte. Niemand war da, kein Hausmeister, kein Gärtner, keiner, und am Tor stand eine Tafel, die darauf hinwies, daß das Haus mit einer Selbstschußanlage gesichert war.
Jacques?
Ich würde sagen, erneut nur ein Verbündeter auf Zeit.
Er hatte, ergänzt Raoul, eine besondere Technik, den Ballon im freien Fall zu stoppen. Einmal ging er so auf dem Dach eines Hauses nieder. Die Ballonseide fiel an der Fassade herab, direkt auf einen Balkon und legte sich über die Fenster. Die alte Frau, die dort im Zimmer mit einem Schlag im Dunkeln saß, schrie, weil sie glaubte, das Ende der Welt sei gekommen.

Manchmal kam Elif am Wochenende zu mir, unter der Woche fuhr ich nach Monaco. Bei ihr war ich immer nur Gast. Fuhr ich ab, wünschte sie mich wieder zurück; war ich da, konnte ich ihr nicht schnell genug weg sein.
Man muß zweimal soviel lieben, damit einem wenigstens die Hälfte bleibt.
Auf den Wind vergißt man dabei.

LXVI

Wenn Raoul von seinem Fenster aufs Meer schaut, geht die Sonne unter. Im Norden, irgendwo, ist auch Italien, ist Grosseto.
Im Osten steigt der Schatten der Erde auf. Das Wasser ist grau und blau; es täuscht, daß man es für silbriges Weiß hält. Wenn es diesig ist, wird es fast violett.
Dort, wo der Wind dann stillsteht, bleiben helle, langgestreckte Streifen, an denen die Strömung sich verrät.
All dies hat keine Bedeutung, aber es hilft.
Zumindest macht es ruhig.
Die Blinklichter der Flugzeuge sind von den Sternen deutlich zu unterscheiden.
Der Strand ist verdreckt. Er grenzt an ein von Mauern kilometerlang umstelltes Gelände, ein Übungsgelände fürs Militär. Es wird scharf geschossen, und der Wind trägt Schleppen von Staub und die Explosion der Einschläge bis zum Haus.

LXVII

Elif ist weit weg. Manchmal ruft Raoul sie an; sie legt
sofort den Hörer auf. Da ist nichts zu tun, auf nichts
zu warten. Er hat es, so glaubt er,
von allen 360 Graden des Kompasses aus probiert.
Wo Norden ist, weiß der Teufel.
Im Osten, da waren sie beide. Es war eine lange
Reise, eine, die er sich gewünscht hat; vielleicht
auch Elif, wer weiß.

LXVIII

Von Paris über Hongkong und Shanghai kommend, waren sie im Nordwesten Chinas gelandet. Ein Rollfeld im Weizen. Eine Schweineherde in der ersten Sonne. Der Hoang-Ho gelb vor Schlamm, die Ufer ausgehöhlt: Lanzhou.
Dennoch wird über das Aufzählen von Ortsnamen die Erde nicht rund. Sie breitet sich nur vor einem aus wie eine Kartenrolle, die kein Ende nehmen will; das ist bei allen Geschichten so.
Die Verwirrung der Zeichen, Namen, Gesichter; die Sprache.
Die Einreise. Kontrollen, Mißverständnisse und das Warten auf einer niederen Bank, die Arme auf den Knien. Elif brach in Tränen aus und schlief dann, an seiner Schulter.
Gegen Mitternacht war der Übersetzer da, der Beauftragte des Ministeriums, der Angestellte des Reisebüros, der Führer, der Fahrer. Gegen Morgen erst kamen sie ins Bett; das Programm begann dennoch, wie festgelegt, um 7 Uhr früh.
Vielleicht habe ich sie nie mehr so geliebt, wie in diesem ohnmächtigen, viel zu kurzen, erschöpften Schlaf.
So etwas behauptet man im nachhinein, behauptet Török.

LXIX

Von Lanzhou ging es nach Norden, der Wüste zu. Sie saßen zu viert in der Kabine eines alten russischen Lastwagens, der Führer, der Fahrer und sie. Nach einer Weile schmerzten die Wangen vom vielen Lächeln beim Zuhören.
Landschaften zogen vorüber, Karren, Pferde und Menschen.
Bei jeder Bodenwelle hob es den Übersetzer hinten auf der Ladefläche hoch. Bei jedem Halt, und es waren derer viele, alle fünfzig Kilometer mußte Wasser in den lecken Kühler nachgegossen werden, übersetzte er, was ihnen der ständig redende, rechts und links der Straße deutende Fahrer erzählt hatte.
Daß in der Wüste vor langer Zeit einmal ein alter Einsiedler gelebt habe, der sich im Besitz reinster Tugend wähnte, lautete eine der vielen Geschichten; er habe Gott gefragt, woran es ihm noch mangele, und ihn gebeten, es ihm zu geben.
Gott schickte ihn daraufhin ins nächstgelegene Dorf zum Dorfältesten, dem er durch einen Traum auftrug, was zu tun wäre, wenn der Eremit bei ihm wirklich erschiene.
Dieser kam und klopfte an seine Tür. Sie umarmten sich, setzen sich, und der Einsiedler fragte den Greis, was er denn anzustellen hätte, um die Seligkeit zu erlangen.
Wirst du tun, was ich dir auftrage? fragte ihn der Dorfälteste. Und der Eremit antwortete: Ja!

Dann nimm diese Rute und geh diese Säue dort hüten.
Die den Einsiedler kannten und ihn nun mit seiner Schweineherde sahen, dachten, sein Geist habe sich verwirrt; er ist von einem Teufel besessen, sagten sie, und der steckt auch in den Säuen. Und das Gerücht machte die Runde.
Als der Übersetzer bei dieser Stelle angelangt war, lachte der Fahrer breit über seinen zahnlosen Mund.

LXX

Von Lanzhou war es nach Wuwei gegangen, von da nach Jinchang, von dort nach Yabrai Yanchang. Der Führer schwieg, während die Berge zum Hochland wurden, das Hochland abfiel, in Kiesebenen überging und die Kiesebenen zu einem Tal wurden, in dem sie das Lager aufschlugen.

In der Enge der Schlucht war der Bach bestanden mit Amberbäumen (Liquidambar orientalis), die Blätter so gezackt und grau wie ihre Rinde.

Klatschte man in die Hände, fielen sie ab. Fielen ab, um sich im Schwarm zu erheben, leuchtend rot, schwarz gepunktet und weiß gestreift.

Die Schmetterlinge (Callimorpha quadripunctaria) kamen in dieses Tal, um in der die Kühle Feuchtigkeit aufzunehmen und sich zu paaren. Nach dem weiten Flug waren jedoch die meisten

ermattet und starben.

Die Namen in Klammern hatte der Übersetzer angefügt, der studierter Biologe war, die Erlaubnis für ein zweites Kind besaß und ihnen nie richtig in die Augen sehen konnte.

Elif war glücklich. Sie ging unter den Bäumen, die man riechen konnte, und las Blätter auf. Raoul schlief auf der Ladefläche des Wagens, damit sie das Zelt für sich allein hätte.

In der auflodernden Glut waren die Bäume kahl, Funken und Flügel eines. Das Feuer zog sie an.

LXXI

Raoul Louper stand auf, um hinunter zum Teich zu gehen. Er verlief sich, irrte drei Tage lang durch die Nacht und fiel schließlich kraftlos zu Boden, bereit zu sterben. Da tauchte ein kleiner Junge vor ihm auf, Brot und eine Karaffe Wasser in seinen Händen; steh auf und iß, sagte er.

Raoul erhob sich und betete; er glaubte, ein Teufel wäre ihm erschienen.

Und das Kind sagte: es ist gut.

Und wieder betete er, ein zweites und ein drittes Mal.

Und das Kind sagte: es ist gut.

Raoul wurde vom Führer wachgerüttelt; sie beluden das Auto.

LXXII

Von Yabrai Yanchang nach Norden, immer nach
Norden. Dann ließen sie das Auto in Bojitoreganor
zurück und bestiegen Kamele.
Vieles ist ineinander enthalten, nicht nur in Namen;
auch im Norden gibt es Süden und Westen. Die Wüste
Badain Jaran befindet sich in der Wüste Gobi, ja; in
ihr ist aber auch die Wüste Takla Makan zu finden.
Und darin wiederum, irgendwo dort, wenn auch noch
nicht genau da und jetzt, liegt die unberührte Mitte
der Erde, die Wüste Lop.
Am Anfang war alles nur eine Ebene. Vom Himmel
kam das Wasser, und es stieg und stieg, ohne ganz zu
dieser Mitte zu gelangen. Und es dauerte, dauerte so
lange, wie eine Schildkröte braucht, um das Meer
auszutrinken, und eine Ameise, die Erde zu
umrunden.
Dann erst kamen vom Firmament die Berge und sie
reihten sich ringsum auf. Und aus ihnen löste sich
der Wind und brachte die Sande; er türmte sie zu
Gipfeln, Klippen, Abhängen, Wällen und Mauern
hoch. Dazwischen blieben die Seen liegen, viele tausende
Schritte über dem Meeresspiegel, so weit
die Flut eben zu steigen vermocht hatte; Blau, das Schilf
und all die Vögel, die darüber hinwegziehen.
Nur in der Vorstellung, mag sein.
Das Licht gerade fallend, daß es weder Ferne noch
Nähe gibt, nur Richtung.

LXXIII

Die Dünen hatten die Silhouetten von Pyramiden,
größere, die zwischen niederen hervorstanden. Es
braucht Tage, um so weit zu gelangen.
Der Weg dorthin ist jener der Ameisenlöwen.
Das sind die Larven der Ameisenjungfern (Familie
libellenähnlicher Netzflügler), wurde Elif erklärt.
Sie graben Trichter in den sandigen Boden
und fangen die Insekten, die in ihn geraten.

LXXIV

Weiter nach Norden als nach oben kommt man nicht. Oder, was das betrifft, in jede andere Richtung des Himmels.
Die Farben änderten sich unmerklich mit jedem Schritt, mit dem sie höher steigen konnten. Dann brach der Kamm scharf ab, und der Blick ging weit über dieses Sandmeer, seine Grundseen, die Dünung.
Der Führer setzte sich in den Hang, schob sich mit den Füßen voran hinunter, fuhr mit der Hand, dann mit dem Arm durch den Sand.
Das Rauschen wurde dumpf, Wacken gleich, die in der Brandung aneinanderschlugen und in die Senke hinabrollten.
Sobald der Abend anbrach, setzte der Schall auch mit dem Wind ein und fand ein vielfaches Echo. Es drang weit, langgezogen wie das Stöhnen von Walen unter Wasser, unter Tonnen von Wasser.

LXXV

Die Sande der Meeresufer und Wüsten erzeugen zwei deutlich unterscheidbare Klänge. Der eine Ton ist hoch (500 bis 2500 Hz); er dauert kaum eine Sekunde und sirrt wie ein Wachsfaden, den man zwischen den Zähnen und der Hand aufspannt. In der Wüste hört man ihn am besten, wenn die Sonne im Zenit steht; an einem Ufer, kurz nachdem die Ebbe eingesetzt hat und die oberste Schicht ausgetrocknet ist. Der andere Ton ist tiefer (50 bis 250 Hz); er kommt in Wellen, sagte der Übersetzer und der Hang gab nach wieder und rutschte ab, daß man es am ganzen Körper spürte, durch und durch. Besonders eindrucksvoll ist es nach einem Sandsturm; das war der erste Satz, den sie von ihrem Führer zu hören bekamen. Den Fahrer interessierte dies alles weniger; ihn fesselte ganz etwas anderes. Elif lief mit weit ausholenden Schritten hinunter, so schnell sie nur konnte, und sang aus voller Kehle, übermütig, fast glücklich. Und die Kamele reckten die Hälse dazu.

LXXVI

Am Scheitel der Düne, genau auf der Kammlinie, lag ein kreideweißer Stein, groß wie eine geballte Faust. Wie er dorthin gelangt war, läßt sich nicht sagen.

Vielleicht war er dem Wind das eine Hindernis gewesen, das dazu führte, daß sich die Dünenketten dieses Ergs bildeten; vielleicht hatte der Sand ihn höher und höher gehoben, immer in diesem prekären Gleichgewicht, ohne ihn zu kippen.

Elif nahm ihn mit; sie schenkte ihn Raoul abends im Lager. Es ist jener Stein, den er zusammen mit dem Cri-Cri und dem Pinienzapfen in eine Fensternische gestellt hat.

LXXVII

Elif. Francesca. Arlette. Es ist jeweils nur ein Komma zwischen den drei Namen.
Manchmal sitzt Raoul vor dem Haus, die gekalkte Wand ist warm, und er denkt an alle drei gleichzeitig.
Nein, er erinnert sich und verwechselt sie oft, nennt die eine mit dem Namen der anderen.
Nichts liegt in der Vergangenheit, selten noch etwas an ihr.
Manchmal ist ein Frachtschiff zu sehen; Alexandria ist der nächste Hafen.
Es ist schwer, alles auseinanderzuhalten.
Raoul hatte begonnen, Török die Geschichte zu erzählen; nun erzählt er sie, wie gesagt, dessen Frau.
Für sich selbst findet er anderes als Worte.

LXXVIII

Jener Abend in der Wüste Badain Jaran war vollkommen lautlos gewesen, bis sie plötzlich so zu dröhnen anhob, daß Elif schreien mußte, um überhaupt verstanden zu werden.
Das Rauschen einer zweiten Düne setzte ein, prasselnd wie eine Feuersbrunst, das Brummen einer dritten schwoll an, legte sich unter diesen Ton und stimmte sich zur ersten ein, daß langsam ein Rhythmus erahnbar wurde.
Dieser seltsame Chor dauerte lange, lange an; dann kehrte die Stille zurück und auch der Boden hörte wieder zu beben auf.

LXXIX

Die Suche nach deinen Dünen, hatte Raoul schließlich begriffen.
Es ist wie mit dem Sandvogel, erklärte ihm Elif, als sie am Feuer saßen, stierten, schwiegen.
Man schiebt Asche über die Glut, um es morgens wieder entfachen zu können. Im Winter gräbt man eine Kuhle, schaufelt die Glut hinein und bedeckt sie mit Sand, um es in der Nacht warm zu haben.
Sie schliefen Seite an Seite; wie nahe, das war entscheidend.
Die Schlafsäcke rochen nach Rauch.

LXXX

Eine Düne, von der bis dahin noch keiner gehört hatte, entdeckte ich vor ein paar Jahren an der Grenze zum Tschad, nicht weit von dort, wo das Wrack von Arafats abgeschossenem Flugzeug liegt.
Die Zelte hatten wir in einer Senke aufgestellt und bereits gegessen; ich stakste nur hinauf, um unter den Sternen zu pinkeln.
Eine Düne hinunter beginnt man unwillkürlich zu rennen. Dennoch blieb ich stehen, weil mir schien, als näherte sich von irgendwoher ein Fahrzeug, eine Militärpatrouille vielleicht. Oben am Grat jedoch wurde es still; und Scheinwerfer hätten schon von ferne zu sehen sein müssen.
Die anderen im Lager wollten mir erst nicht glauben. Nicht einmal zur Hälfte unten, war aber auch dieser Lärm wieder da, wie von einem laufenden Motor.
Ich merkte schließlich, daß er von jedem einzelnen meiner Schritte herrührte, vom Sand, den ich lostrat, und zwar bloß an dieser einen Stelle am Hang, nicht aber rechts oder links davon.

LXXXI

Dies ist das letzte Mal, daß von der Entstehung der Dünen die Rede ist. Dazu muß man verstehen, wie der Sand vom Wind transportiert wird.
Erreicht er eine kritische Geschwindigkeit über dem losen Grund (die im allgemeinen bei 20 km/h liegt), beginnt der Sand sich ruckartig und stoßweise zu bewegen; er springt.
In der Bahn ihrer Parabeln befangen, drehen die Sandkörner sich um sich selbst, stoßen aufeinander und schlagen Funken dabei. Je stärker der Wind wird, desto höher werden sie getragen, bis einem die Augen davon wund werden; sie bleiben in den Wimpern hängen, reiben unter den Lidern, entzünden sich, brennen.
An irgendeiner Erhebung dann, die dem Wind widersteht, werden sie angeweht; sie lagern sich so lange ab, bis ein Windschatten entsteht: nichts anderes ist eine Düne.
Oft liegen sie kilometerlang im Lee von Zeugenbergen.
Erst ab einem gewissen Winkel (zwischen 32° und 34°) beginnt der Sand in Kaskaden abzurutschen.
Der Untergrund wirkt dann wie ein Resonanzkörper, dem Schallbrett eines Instrumentes vergleichbar.
Flammenzungen, schwebend.

LXXXII

›Sam‹ mag man vom Feuer ableiten, ›Andar‹ von innen. Der Salamander jedoch ist kein Tier, sondern eine Substanz, die man in der Erde findet; es kann keines Tieres Natur sein, im Feuer zu leben, da jedes Lebewesen zu unterschiedlichen Teilen aus den vier Elementen besteht.
Von der Düne, in der zwei roten Fähnchen staken, folgten die Kamele ihren Spuren wieder zurück; dann ging es mit dem Auto nach Westen, immer weiter nach Westen.
Der Führer, fällt mir gerade ein, hieß Yuan.
Der Fahrer aber erzählte vom Salamander, das man aus den Adern des Berges gräbt. Die Substanz wird zerstoßen und zerkleinert, sie teilt sich in Fasern wie Wolle, die man in der Sonne ausspreitet.
Die Stollenmundlöcher sah man an den Flanken, schwarz wie Kohle. Einmal getrocknet, wird der Asbest in einem kupfernen Mörser gemahlen, alle Erde ausgewaschen. Dann spinnt man die Fäden zu einem Tuch, das im Feuer weiß wird.
Es war schwer, ja schier unmöglich, die Wahrheit von der Intonation eines Übersetzers abzulesen, sie an der Mimik zu erraten. Seine Stirn war bereits kahl, dafür standen ihm die Haare am Hinterkopf zu Berge.

LXXXIII

Raoul sah sie im Vorbeifahren. Sie stand am Straßenrand, einen Stock in der Hand, ein Hund unruhig neben ihr. Stand reglos, ausdruckslos das Gesicht. Die Augen grün, wie Gras, wenn der Wind in es fährt und die Halme ins Weiße kehrt. Die Ärmel ihres Kleides wie in roten Ocker getaucht; getüncht.

LXXXIV

Ich erzähle diese Geschichte schon lange nicht mehr.
Sie ist über die Abende in Kairo, den Tisch mit dem Schachbrettmuster seiner Fliesen längst hinausgewachsen.
Török steht auf dem Balkon.
Seine Frau lehnt am Türrahmen. Raoul sitzt auf seinem Stuhl, im Schatten der Lampe.
Es gibt einen Augenblick beim Erzählen, wo sich die Dinge so nahe kommen, daß die Konturen sich aufzulösen beginnen; dann schweigt man besser.

LXXXV

Die Provinz Kamul liegt zwischen zwei Wüsten; ihre
Oasen sind bekannt für ihre Melonen und Trauben,
ihre Menschen dafür, daß sie das Leben leicht
nehmen, gerne feiern, singen und tanzen.
Und es ist die Wahrheit, daß die Gastfreundschaft
auch die Frauen mit einschließt; die Männer überlassen
inzwischen ihr Haus diesem Fremden und kommen
erst wieder zurück, wenn er abgereist ist.
Diesen Brauch hat selbst der Große Khan nicht zu
verbieten vermocht, sagt Raoul und vermeidet,
Török dabei direkt anzusehen.

LXXXVI

In der Provinz Tangut waren wir in eine Prozession geraten, die vor einem Holzhaus Halt machte, das mit bunten Seidentüchern bedeckt war. Dort setzten sie den Toten auf seiner Bahre ab und stellten Brot und Wein in Krügen und Körben vor ihn. Alle aßen mit, auch Elif und Raoul.

Flöten und Trommeln.

Gegen Abend dann ging es weiter zu einem Platz, wo ein Scheiterhaufen errichtet worden war. Aus Papier und Karton hatte man Figuren geschnitten, Menschen, bemalte Pferde und Kamele, die zum Leichnam gelegt wurden. Das Feuer erlosch immer wieder, bis der Führer einen Benzinkanister vom Lastwagen holte.

Die Papierbögen, die auf einer Seite mit Zinn überzogen sind, werden in den Flammen zu Silber; der Rauch schickt es hinauf zu den Seelen in ihrem dunklen Himmel. Viele Familien falten das Papier auch zu hohlen Barren; das bedarf vieler Arbeit und einiger Geschicklichkeit, erhöht jedoch den Wert eines Schatzes ungemein.

LXXXVII

Siebenundachtzig Meilen hinter der Siedlung fuhren
wir durch ein Lager von Männern, die illegal nach
Gold suchten. Sie gingen mit Eisenstangen, Rohren,
Äxten auf den Lastwagen los und wichen erst zurück,
als der Führer mit seinem Gewehr in die Luft schoß.
Die Piste wird nur selten befahren.
Die Städte Wuwei, Yumen und Anshi.
Es wäre von einzelnen Begegnungen zu berichten,
dann von gebrochenen Federn, die mit nassen
Hanfstricken festgezurrt wurden, von Gängen,
die sich nicht mehr einlegen ließen, notdürftig
reparierten Reifen.
Doch all dies sind Dinge, die einem ohnehin
in Erinnerung bleiben.

LXXXVIII

Und Elif? Sie ertrug die Stille einfach nicht mehr länger, die Weite; die Abhängigkeit voneinander, die sie mit sich brachten.
Reg, Wüsten aus Kies. Windkanter, rot, gelb, orange, fast grünlich. Das Land, wie es hart war, und die Kälte; die Haut, die schorfig wurde.
Es war eine Art des Alleinseins miteinander, die nichts zu mildern vermochte.
Sedimente eines ausgetrockneten Sees, vom Wind zu bizarren Nadeln und Türmen erodiert. Die Ahnung einer Welt, die nur auf Zeit beruhte.
Eine Gewalt, die ausbrach, die Bewegungen ruckartig werden ließ.
Raoul brachte ihr Tee. Hielt sie in den Armen, barg ihren Kopf darin, streichelte sie. Alles in ihr sträubte sich dagegen. Mit Yuan, dem Führer, fühlte sie sich sicher, meist; das ist wenig, genügt kaum.

LXXXIX

Nichts ist vergleichbar mit einer mondlosen Nacht dort; die Sternbilder als Flächen so hoch heraus gestellt, daß sie Schatten warfen, die Milchstraße, wo sie sich über dem Licht zusammenfügten. Eine Ahnung war es, nicht der Nähe, sondern von Deutlichkeit.
Im Lager aber wurden die Zelte Abend für Abend zusammengerückt, als würde so sich menschliche Anwesenheit behaupten lassen.
Jeder Atemzug war zu hören. Auch weil sie zu müde waren, schliefen sie nicht miteinander. Miteinander zu schlafen war für Elif die einzige Art, sich jemandem in die Hände zu geben.
So lebten sie sich mit jedem Tag weiter auseinander; und mit der Zutraulichkeit ging auch das Vertrauen verloren.

XC

Am Nachmittag fiel die Temperatur binnen einer Stunde um zwanzig Grad. Wir blieben zwei Tage in den Zelten, die wir am Lastwagen festgezurrt hatten.

Die Luft wurde dick, die Sonne schwarz hinter Wänden. Erst wurde dadurch der Wind noch gehalten, dann drang er durch und barst, schleuderte Massen von Sand empor, von Kies und Steinen durchsetzt.

Je schneller es dunkelte, desto brennender wurde der Wind, brannte wie eine Esse, in der Quarz zu Glas schmilzt.

An der libyschen Küste jetzt, wird der Sand gegen das Fenster in Raouls Kammer prasseln; aus dem Süden weht der Khamsin, jener Wind, der so heißt, weil er fünfzig Tage dauert.

Es ist das einzige, was ihm gegen das Gedächtnis helfen mag.

XCI

Dun Huang ist nach der Feuerbake des Wachtturms benannt, der früher einmal Invasoren aus dem Westen zu melden hatte.
Hochbauten im Zentrum, Gehöfte aus Lehmziegeln an den Rändern, Äcker, Wein, Obstbäume und Palmen.
Eine Straße mit Autowerkstätten, eine zweite mit Schneiderbuden, eine dritte mit Öltonnen, in denen Nudeln dampfen; die Stände des Marktplatzes im elektrischen Licht.
Unter der Herrschaft der Tibetaner oder Tanguten oder Mongolen hieß die Oase Shachow, ›Stadt der Sande‹; sie wurde zerstört und wieder aufgebaut, doch der alte chinesische Name blieb.
Frauen, die ihre Waren auf einem Kopftuch feilbieten, Musik laut aus den Geräten, ein Popcornverkäufer, von Pferden gezogene Taxis, Schießstände, Frauen, die einem aus der Hand lesen.
Im Hotel der nackte Betonboden; das Wasser holte man sich mit Eimern von der Bar, aber es gab ein Bett. Und alles Unausgesprochene, zwischen ihr und ihm; und das, was ich nicht weiß.

XCII

Die Höhlen der Tausend Buddhas liegen fünfzehn Kilometer südlich von Dun Huang.
Reisende, Wandermönche und Gelehrte, ihre Votivgaben, dort und in den umliegenden Klöstern und Abteien. Hsuang-tsang, der ›Meister des Gesetzes‹, hatte von seinen Jahre dauernden Pilgerreisen nach Indien 92 heilige buddhistische Bücher mitgebracht, um sie ins Chinesische zu übertragen.
Die Fresken zeigen Szenen aus der Jugend Buddhas, das Paradies, Dämonen und Monster, Sandstürme und Berggipfel unter dräuenden Wolken. Kleine Buddhafiguren sind mit Kohle auf Decken und Wände gemalt; ich weiß nicht, ob sich je einer die Mühe gemacht hat, sie zu zählen.
Die Felswand hat der Fluß geschnitten; ebenso unzählbare Reisende traten Stufen hinauf aus, die trügerisch glatt sind.
In einer der Höhlen gibt es auch eine seit ewigen Zeiten versiegelte Kammer, sagte der Übersetzer. Ein Ungar war es, der sie aufbrach, die Mönche bestach und schließlich vierundzwanzig Truhen voller Pergamentrollen im British Museum
deponierte.
Der Fahrer war im Lastwagen geblieben. Elif stand bei den Pappeln (Populus diversifolia), die längs des Wegs dichtbelaubte Bögen bildeten.

XCIII

Zwergpappeln wurzeln rund um den See des
Sichelmondes, wenige Kilometer vor Dun Huang in
den Dünen; wahrscheinlich werden sie in fünfzig
Jahren die Oase erreicht haben.
Im Wind, der beständig seine Richtung wechselt,
ändern die Gratlinien sich; von den Gipfeln wehen
Fahnen von Sand. Kuhlen und Flanken liegen auch
tagsüber im Schatten; die Kämme aber schimmern
wie Eis, die Farbe des Windes.
Die Quarzpartikel, türkischblau und königsblau,
lapislazuli, smaragdgrün, karneol, zinnoberrot und
scharlach, heliotrop und bernsteingelb, grau und weiß,
wenn man sie auf einem Kartenblatt auffächert,
bringen den Sand zum Irisieren, den ganzen
Katarakt des Lichts.
Der Erg erstreckt sich von Westen nach Osten,
parallel zu den Bergen von Kuruk Tagh;
dazwischen liegt die Wüste Lop.

XCIV

So viele Personen und Namen, alles nur für diese einfache Geschichte. Der Fahrer hieß Song, der Übersetzer Chiang-ssuh-yeh.
Alle stiegen wir auf die Düne, rannten zusammen oder einzeln eine Flanke hinab, jedesmal wieder an einer anderen Stelle, zumindest knöcheltief, ohne uns je zu überschlagen.
Einmal hielt ich Elif dabei an den Händen.
Der Führer war im Auto sitzen geblieben. Der Sand singt nicht mehr, sagte er, seit die Kamine von Dun Huang soviel Grus ausstoßen.

XCV

Die Wüste Lop erstreckt sich zwischen dem Nordost und dem Ost; die wenigen Brunnen dort sind brackig und bitter.
In ihrer Mitte befindet sich eine vollkommen flache Ebene aus feinem Kies, wo die Erde wieder zur Scheibe wird und der Horizont sich zum Kreis schließt, bis in dieser Mitte der Mitte hintereinander die hohen Rücken dreier ockerfarbener Dünen auftauchen, bloß drei.
Kommt ein Reisender in diese namenlose Gegend, entdeckt er vielleicht die in den Sand gestrichelten Spuren einer fingerlangen, flügellosen Mantis. Sie selbst, mit ihrer sandfarbenen Tarnung, sieht man erst, wenn sie erschreckt vor einem aufschnellt; gemeinhin wird sie (Gattung der Eremiaphila) Gottesanbeterin genannt.
Sie lebt von Insekten, die der Wind manchmal über Hunderte von Kilometern bis zu den drei Dünen weht; auch das Wasser, das sie zum Überleben braucht, nimmt sie aus ihrer Beute auf.
Man sagt, daß es ein Jahr dauert, um von einem Ende zum anderen zu reiten, mindestens jedoch einen Monat.

XCVI

Am Rande der Wüste Lop liegt der ausgetrocknete See Lop Nor und die längst verlassene Stadt Lew Sha.
Auf dem Weg trafen wir einen Hirten, der behauptete, über hundert Jahre alt zu sein; sein Sohn war der einzige, der seine Sprache noch verstand. Das Land wäre nicht mehr wiederzuerkennen; früher hätte es hier Dörfer im Schilf gegeben, Fische, Ottern und Enten im See. Die Erde ist voller Salpeter, fügte der Übersetzer hinzu.
Im Norden befindet sich ein militärisches Sperrgebiet; dort werden Atomsprengköpfe gezündet. Verstreut in der Umgebung der Stadt Lew Sha liegen Teile einer explodierten Rakete aus Titan; sie glimmen noch im Dunkeln.
Von der Stadt selbst ist nur Holz und Lehm geblieben, vereinzelt ein Türsturz. Abgestorbene Bäume, von Nomaden bis auf die Stümpfe zerhackt, ziehen sich das Flußbett entlang. Dahinter, bis zum Horizont, erstreckt sich das Becken des einstigen Sees, Welle über Welle bedeckt mit Shor, den verworfenen Salzkrusten über dem Morast.
Nur mit äußerster Mühe bekamen wir den Lastwagen wieder flott; er sank binnen weniger Minuten bis über die Achsen ein, und weiter.
Es blieb uns nichts, als umzukehren.

XCVII

Von der Wüste Lop heißt es: Ziehen Reisende durch die Nacht und fällt einer von ihnen zurück oder schläft im Reiten ein und versucht dann, den Zug wieder einzuholen, wird er Geisterwesen reden hören und sie für seine Gefährten halten. Manchesmal rufen sie ihn bei seinem Namen und führen ihn dadurch in die Irre; so sind schon viele umgekommen.
Manchmal hören verirrte Reisende auch so etwas wie Hufschlag und das Stimmengewirr einer Kavalkade von Reitern, fernab des rechten Weges, und folgen ihnen nach; bei Tagesanbruch aber merken sie, daß alles nur Trug war, und ihre Lage wird mißlich.
Doch auch tagsüber hört man die Dämonen, das Klirren von Waffen, oft auch verschiedene Musikinstrumente, die sie spielen, meist jedoch Trommellärm. Man kann sie auch sehen, die wehenden Banner und das Gleißen ihrer Schwerter, während man hinter sich die geflüsterten Worte vernimmt: Fürchte dich nicht! Fürchte dich nicht!
Beim Durchqueren der Wüste Lop sind die Reisenden deshalb bestrebt, sich nicht aus den Augen zu verlieren; den Tieren werden kleine Glocken um den Hals gebunden, damit sich die Karawane nicht zerstreut. Und es ist Brauch geworden, noch bevor man das Lager aufschlägt, mit einem Zeichen die Richtung zu markieren, die tags darauf einzuschlagen

ist. Ich habe darum für Elif weiße Steine zu einem Pfeil im Sand ausgelegt.
Von mir war kaum die Rede, ich weiß. Ich höre Elif jetzt zu, wie sie erzählt, Elif, die dort im Stuhl sitzt, die Augen groß und glänzend in der Dämmerung. Raoul hat ..., sagt sie; aber ich bin nicht Raoul.

XCVIII

Der Führer hatte uns vor den Geisterwesen im Inneren der Erde und in der Luft gewarnt. Manche sind gut, meinte er, manche böse, und die treiben sich in der Wüste um. Als ob das der einzige Ort wäre, an dem sich die Menschen ihre Angst und das Fehlen irgendeiner göttlichen Vorsehung vorstellen können, sagt Raoul; für ihn ist das ein schwieriger Satz.
In Ägypten war es die Pflicht des Osiris in seiner Menschengestalt den schmalen Streifen fruchtbaren Landes entlang des Nil zu bewachen, nicht wahr? fragt Töröks Frau und wirft ihrem Mann einen kurzen Blick zu.
Die Nacht ist laut geworden. Sie geht aus der Balkontür und setzt sich zu Raoul; ihre Ellbogen berühren sich.
Bekämpft wurde er von Seth, und aus ihrem Mund klingt das unerwartet höhnisch, dem Herrscher über die Wüste, ihre Sonne und Stürme; man stellte ihn sich mit krummer Schnauze vor, hechelnd, mit aufstehenden eckigen Ohren.
Török hat sich umgedreht; jetzt ist er es, der auf den Balkon hinaus geht. Er zeigt ihnen trotzig den Rücken, doch es wirkt, als wollte er nichts wissen, nichts wahrhaben. Jedenfalls hören sie ihn bloß murmeln, daß schon im Itinerarium des Apollonios von Tyana steht, daß er einen solchen Ghoul im Mondschein auf einer Düne sah; und auch der habe nur einen steif nach oben gebogenen Schwanz gehabt.

XCIX

Es ist Török, der die Geschichte zu Ende bringt.
Die Beschreibung des Oderich von Pordenone kennt in der Mitte der Wüste Lop eine Gegend namens Reg Ruwan. Nun bedeuten ›Reg Ruwan‹ und ›Lew Sha‹, der Name der Stadt am See Lop Nor, in verschiedenen Sprachen ein und dasselbe: *Sand, der fließt.*
Es war also bloß eine ungenaue Übersetzung, die daraus eine Legende entstehen ließ; sie übertrug den Klang einer Düne auf das einzige, das ihr damit vergleichbar schien: Treibsand, dunkel glänzender Schlick. Gerät man hinein, sagt er, zu Raoul gewandt, zieht es einen nur hinab.

C

Raoul hat Elif verlassen. Nicht, weil sie sich nicht mehr lieben, sondern weil sie miteinander nicht leben können.
Etwas in ihm wird ganz, anderes sinkt ab.
Vor allem mit der Zeit.
Es gab nur noch einen gemeinsamen Abend in Kairo.
Die Nadeln der Tamarisken vor dem Haus glänzen grün, die Felsen am Ufer darunter sind von Erz rot durchzogen.

CI

Die Sanduhr der japanischen Stadt Nima ist fünf Meter hoch, einen breit und faßt eine Tonne Sand, der durch eine, weniger als einen Millimeter große Öffnung rinnt.
Auf beiden Gläsern befinden sich Markierungen für Monate, Wochen und Tage. Aufgehängt sind sie in einem Werk von Ringen, das an ein Astrolabium erinnert.
Es heißt, daß singende Dünen auch auf anderen Planeten beobachtbar sein müßten, überall dort, wo es Wüste gibt und Wind, auf dem Mars etwa oder der Venus.

Olsen's House, Cappaghglass, August bis Oktober 99

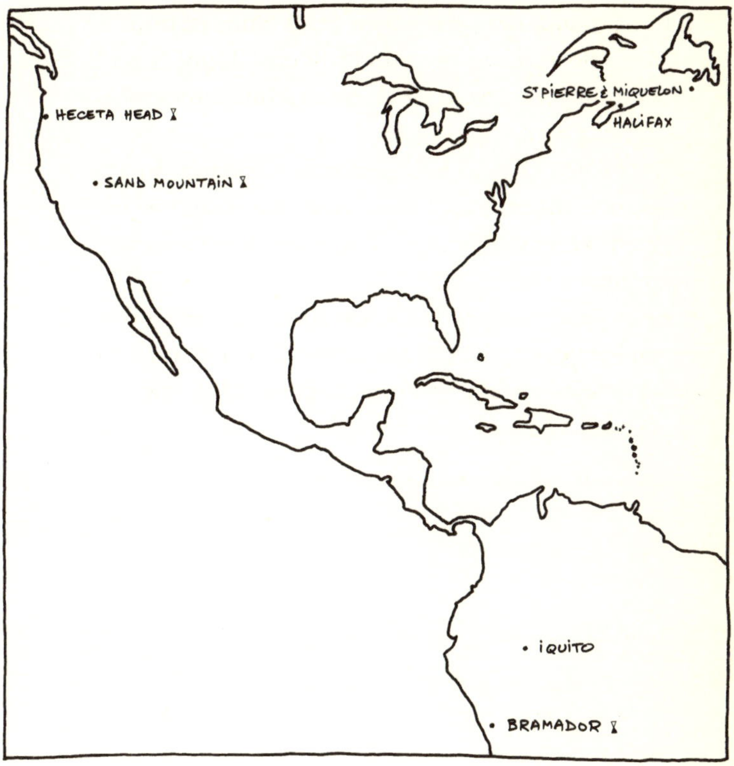
HECETA HEAD
SAND MOUNTAIN
ST PIERRE & MIQUELON
HALIFAX
IQUITO
BRAMADOR

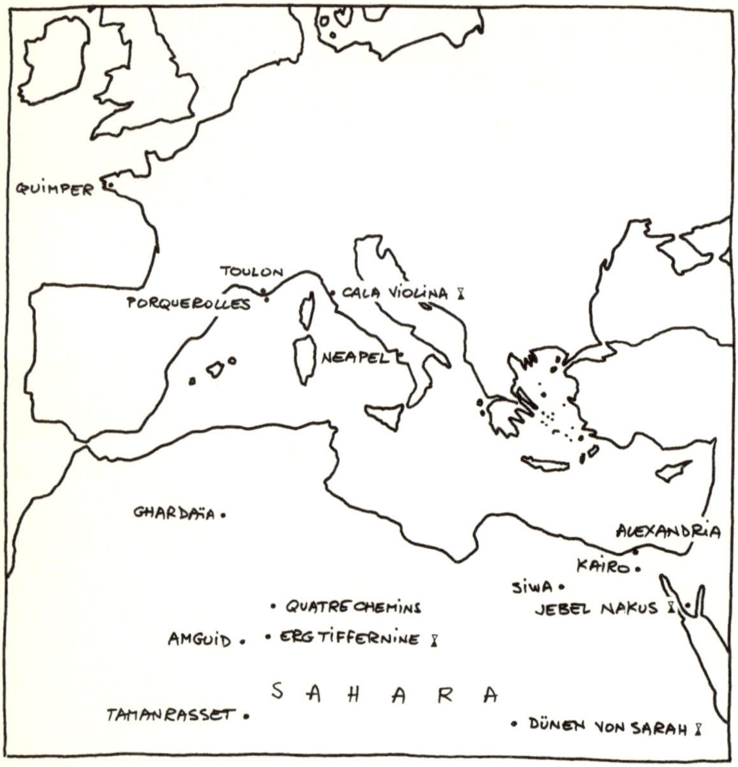
QUIMPER
TOULON
PORQUEROLLES
CALA VIOLINA
NEAPEL
GHARDAÏA
ALEXANDRIA
KAIRO
SIWA
QUATRE CHEMINS
JEBEL NAKUS
AMGUID
ERG TIFFERNINE
S A H A R A
TAMANRASSET
DÜNEN VON SARAH

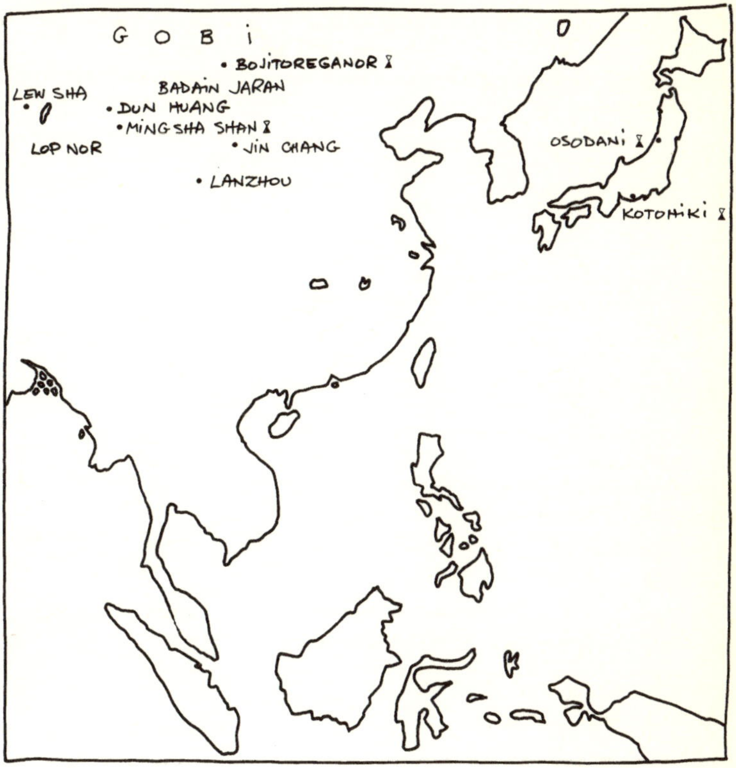
GOBi
BOJITOREGANOR
BADAIN JARAN
LEW SHA
DUN HUANG
MINGSHA SHAN
LOP NOR
JIN CHANG
LANZHOU
OSODANI
KOTOHIKI